CHANTS

AU

PRINCE IMPÉRIAL

DEPUIS

SON BAPTÊME JUSQU'A SA PREMIÈRE COMMUNION

PAR

L'ABBÉ PEYROU

DU CLERGÉ DE PARIS.

PARIS

HENRI PLON, IMPRIMEUR-ÉDITEUR

RUE GARANCIÈRE, 10

—

MDCCCLXVIII

CHANTS

AU

PRINCE IMPÉRIAL

TYPOGRAPHIE DE HENRI PLON
IMPRIMEUR DE L'EMPEREUR
Rue Garancière, 8, à Paris.

CHANTS

AU

PRINCE IMPÉRIAL

DEPUIS

SON BAPTÊME JUSQU'A SA PREMIÈRE COMMUNION

PAR

L'ABBÉ PEYROU

DU CLERGÉ DE PARIS

PARIS

HENRI PLON, IMPRIMEUR-ÉDITEUR

RUE GARANCIÈRE, 10

—

MDCCCLXVIII

PRÉFACE.

Ces vers n'étaient pas destinés à voir le jour. L'auteur reconnaît en toute humilité qu'il n'est pas poëte. Mais il a l'amour des vers : ce fut l'instinct de son enfance, pour ne pas dire la loi de *son astre en naissant*. Aussitôt que *Dieu lui fait quelques loisirs*, il faut qu'il chante, dussent ses chants n'avoir d'autres échos et retentissements que ceux du désert, et il ne les avait pas jugés dignes d'en avoir d'autres jusqu'à présent. Il s'était toujours contenté d'en faire des confidences secrètes à un tout petit nombre d'amis qui ne l'ont jamais trahi là-dessus.

Il y a deux choses qui ont particulièrement le don de faire vibrer les cordes de son humble lyre.

1

Ces deux choses sont : Dieu et la patrie. C'est parce qu'il est persuadé que l'ère napoléonienne sera toujours une ère de gloire pour l'une et l'autre de ces deux choses, qu'il a chanté le PRINCE IMPÉRIAL. Ses amis ont prétendu que ces chants ne sont pas tout à fait indignes de paraître en public, et qu'ils pourraient même n'être pas entièrement inutiles à la double cause qu'il sert. Il s'est laissé persuader, et la circonstance de la première communion du PRINCE IMPÉRIAL a achevé de le déterminer. Il réclame quelque peu de cette indulgence de ses amis de vieille date à son nouvel ami, *le cher lecteur*.

LETTRE

ADRESSÉE A L'AUTEUR

PAR

M. PAUL DE MAGNITOT,

CONSEILLER RÉFÉRENDAIRE

A LA COUR DES COMPTES.

Mon bien cher Abbé,

Je vous remercie d'avoir bien voulu me compter
parmi ces amis de vieille date dont vous parlez dans
votre Préface. Elle commence, en effet, à être vieille
notre amitié, puisqu'elle date de vingt-cinq ans, c'est-
à-dire du premier jou où je vous connus dans cette
chère paroisse de Saint-Gervais, dont vous veniez d'être
nommé le bien-aimé pasteur. Mes sentiments d'affection envers vous n'ont jamais varié depuis, pas plus

1.

que ceux de tous vos autres anciens paroissiens. Au reste, vous avez pu vous convaincre par vous-même de cette constante affection de la paroisse, lorsque dernièrement nous y sommes revenus tous deux ensemble, vous comme *prédicateur de la fête patronale*, moi comme *président de la Société de secours mutuels*. Ne vous fâchez pas, si, nonobstant mon inaltérable sympathie de cœur et d'âme avec vous, je viens aujourd'hui m'inscrire en faux contre votre Préface, dans laquelle vous déclarez que vous n'êtes pas *poëte*. Vous vous appelez *Jean*, je crois? Eh bien, moi je dis bien haut que *Jean* est un *poëte*, et plus qu'un *poëte*, car il est un *prêtre*, et un *prêtre* vraiment *inspiré* de l'Esprit de Dieu.

Laissez-moi vous dire encore, cher Abbé, que longtemps avant que vous eussiez fait votre *Prédiction*, l'une des suaves pièces de votre recueil poétique, moi j'avais fait la mienne, en modeste prose, sur vous-même. Oui, quand vous nous arrivâtes prêtre de la dernière ordination, alors que vous n'étiez, pour ainsi

dire, qu'à votre naissance sacerdotale, on se deman-
dait l'un à l'autre : « Que croyez-vous que sera ce
prêtre? » — et moi je répondais : « Ce sera un prêtre
tout dévoué à la *patrie et à Dieu.* » Vos vers ne respi-
rent pas autre chose; je les lirai avec plaisir, et j'en
conserverai précieusement le recueil, comme un monument de patriotisme et de piété en même temps
que de bonne poésie.

Pour soutenir mon rôle de *prophète* jusqu'à la fin,
je termine ma lettre en vous *prédisant* que lorsque ce
précieux recueil sera connu du public, tout le monde
voudra, comme moi, le lire et le conserver parmi ses
meilleurs livres.

Recevez, cher Abbé, la nouvelle assurance de mes
sentiments les plus affectueux.

Tout à vous *corde et anima,*

PAUL DE MAGNITOT,
Conseiller référendaire à la Cour des comptes.

Paris, le 11 mars 1868.

PROLOGUE.

LA CRITIQUE.

D'abord, je vous trouve fautif

De faire de la poésie

Dans ce siècle de fer, siècle si positif :

Ce siècle est dégoûté de l'antique ambroisie.

— Et puis, je vous connais : tout en aimant bien Dieu,

Tout en ayant un cœur d'apôtre,

Vous êtes gai parfois, et même en temps et lieu,

D'une gaîté qui peut convenir à tout autre,

Mais non pas à l'état grave comme le vôtre.

Même en ces grands sujets que vous vous proposez,

Vous êtes, je le sais, capable par nature,

—Quand vous êtes en train, qu'est-ce que vous n'osez ?—

De chanter *la bonne aventure.*

L'AUTEUR.

C'est vrai, le vent n'est pas aux vers,

Et je sens bien que je m'expose

A passer pour quelqu'un à la tête à l'envers ;

Mais a-t-on bien raison ? Ceci, c'est autre chose :

Les vers seront toujours le langage des dieux,

Langage fidèle interprète

Des nobles sentiments, des sujets sérieux.

Je conviens que le vers également se prête

Au léger, au badin, comme est la chansonnette :

— Eh bien, le sérieux comme le jovial,

Dans la religion il n'est point de défense,

Je consacrerai tout au Prince Impérial,

Disant : *Honni qui mal y pense!*

BAPTÊME

DU

PRINCE IMPÉRIAL.

1856.

BAPTÊME

PRINCE IMPÉRIAL.

1856.

Pourquoi cette forêt de mâts et de drapeaux ?
Pourquoi Paris prend-il ses habits les plus beaux ?
    Pourquoi ce peuple qui se presse
    Sur nos trop étroits boulevards ?
    Pourquoi ces hymnes d'allégresse
    Qui résonnent de toutes parts ?

Tout annonce en ce jour quelque pompeuse fête
Qui répand tant de joie et tant de mouvement,
   Quelque immortel événement
   Qui s'accomplit ou qui s'apprête.

Oui, c'est un heureux jour que le Seigneur nous fait,
Oui, c'est pour notre France un immense bienfait :
   Tonnez, canons des Invalides;
   Cloches, sonnez du haut des tours
   Vos carillons les plus splendides;
   Car c'est un de nos plus beaux jours :
Un prince nous est né pour porter la couronne;
En attendant, il va cueillir un plus grand bien :
   C'est la couronne de chrétien,
   La plus belle que le Ciel donne.

Voyez du haut des cieux lui sourire Clovis :
Il reconnaît en lui son successeur, son fils,

Le digne héritier de sa gloire :

C'est ainsi que lui-même, à Reims,

Après sa célèbre victoire,

Le premier de nos souverains,

Vit couler sur son front l'onde du saint baptême,

Rehaussant de la croix, comme d'un diamant,

Comme d'un divin complément,

Son riche et brillant diadème.

Notre-Dame est debout, brillante de clarté ;

Tout s'anime et s'ébranle en la grande cité ;

Voici que tout est prêt ; silence !

L'enfant paraît : autour de lui

La Justice tient sa balance ;

Ses trois sœurs lui servent d'appui ;

L'Esprit de Dieu descend, plane au-dessus de l'onde,

Et la purifiant par sa sainte vertu,

Il lui rend ce qu'elle a perdu,

Et de son souffle il la féconde.

Je vois bien la Colombe, et Jean, et le Jourdain ;

Mais où donc est le père ? où donc est le parrain ?

    Ah ! le parrain... il est à Rome :

    C'est le pieux Pontife-roi

    Qu'avec amour tout chrétien nomme,

    Et que vénère notre foi.

En cet instant sublime, il regarde la France,

Et désignant l'enfant par un geste animé :

    « C'est, dit-il, mon fils bien-aimé

    » En qui j'ai mis ma complaisance. »

Un Pape pour parrain ! Oui, mais quel Pape encor ?

Celui qui parmi tous brille comme de l'or :

    S'il est vrai que noblesse oblige,

    Songez quel mérite éclatant

    Un si grand privilége exige

    Et que du filleul on attend !

Certes, tant de grandeur d'étonnement me frappe :

Il sera, le filleul, un très-grand souverain,

Puisqu'il a pour père et parrain
Un si grand cœur, un si grand Pape !

Mais au rite sacré rendons-nous attentifs,
Joignons-nous à tous ceux que tiennent là captifs
    Les touchants et pieux symboles;
    Observons tout de point en point,
    Et les choses et les paroles :
    Déjà le noble enfant est oint,
Au front et sur le cœur, du redoutable signe,
Dans sa bouche il reçoit le symbolique sel :
    De Salomon, roi d'Israël,
    Il aura la sagesse insigne.

« *Ouvrez-vous, Ephpheta;* » ce n'est pas un vain mot :
A peine prononcé, l'effet suit aussitôt :
    L'enfant ouvre en effet l'oreille;
    Des anges il entend la voix;
    Mais admirez donc la merveille :

Ses yeux s'ouvrent tout à la fois,

Ses yeux, qui jusqu'alors fermés à la lumière,

Avaient fait craindre à tous que voilés à jamais

Comme par un nuage épais,

Ils n'ouvrissent pas leur paupière.

Ouvre donc tes doux yeux, ô cher petit enfant!

Promène autour de toi ton regard confiant :

Commence à sourire à ta mère,

Tu verras dans ses tendres yeux,

Comme dans les yeux de ton père,

Un reflet du regard des Cieux.

Souris à nous aussi, nous ton peuple fidèle :

Ah! ce peuple toujours de tout cœur t'aimera,

Toujours il se réjouira

De cette journée immortelle.

Le Prince a répondu : « Je renonce à Satan,

A ses pompes, au mal dont il est l'artisan. »

Après cette sainte rupture,

Après ce serment solennel,

Sur son front coule l'onde pure ;

Son cœur est pur comme le ciel.

Il reçoit comme roi l'onction du saint chrême :

C'est que, nous le savons, *servir Dieu, c'est régner ;*

Devenir chrétien, c'est gagner

Un droit au plus beau diadème.

Et nous l'avons tous vu cet enfant qui passait

Au retour du lieu saint : le peuple se pressait

Pour voir le jeune néophyte,

Le nouveau César très-chrétien

En qui le Dieu du ciel habite :

Qu'il garde ce céleste bien !

Et le ciel résonnait de ses chants angéliques ;

La terre y répondait par ses joyeux concerts

Qui retentissaient dans les airs :

Ce n'étaient partout que cantiques.

2

NOTES.

I.

Page 12.

Oui, c'est un heureux jour que le Seigneur nous fait.

Hæc est dies quam fecit Dominus; exultemus et lætemur in ea.

(*Ps.* cxvii, 22.)

II.

Page 13.

Notre-Dame est debout, brillante de clarté.

Surge, illuminare Jerusalem.

(Isaïe, LX.)

III.

Page 13.

L'Esprit de Dieu descend, plane au-dessus de l'onde.

Spiritus Dei ferebatur super aquas.

(*Genèse,* I.)

IV.

Page 14.

C'est, dit-il, mon fils bien-aimé.

Hic est Filius meus dilectus in quo mihi complacui.

V.

Page 15.

Mais admirez donc la merveille :
Ses yeux s'ouvrent tout à la fois.

Cet épisode des yeux n'est pas tout à fait de la fiction. Le fait est vrai. L'auteur le tient de la bouche d'un des témoins oculaires, qui est un des personnages les plus dignes de foi et occupant aujourd'hui un des postes les plus éminents de la capitale. « C'est un fait sûr, dit-il, qu'en ce moment l'en-» fant a ouvert ses yeux, ce qui a provoqué un sourire » général dans l'assistance et illuminé comme d'un éclair de » joie la figure de l'Empereur. »

(Paroles textuelles du témoin oculaire.)

VI.

Page 17.

C'est que, nous le savons, *servir Dieu, c'est régner.*

Servire Deo, regnare est.

(*Liturgie.*)

VII.

Page 17.

Et nous l'avons,tous vu cet enfant qui passait.

La dame de la cour qui le portait avait soin de le montrer au peuple, de l'intérieur de la voiture.

LE FEU D'ARTIFICE.

Ce feu d'artifice a eu lieu à la première fête de l'Empereur
qui a suivi le baptême du Prince Impérial,
le 15 août 1856.

LE FEU D'ARTIFICE.

15 AOUT 1856.

J'aime en vérité ce Thabor
Où devant ses amis Jésus se transfigure,
Où du Père céleste on entend la voix pure
    À travers ce nuage d'or ;
J'aime tout cet éclat, toute cette lumière,
    Et je dis avec l'heureux Pierre :
    « Oh ! qu'il fait donc bon d'être ici ! »
Eh bien, j'admire et j'aime aussi

Ce que je viens de voir, tout près de ma demeure,

    A l'instant même, tout à l'heure.

Tout Paris est en feux, et sous mille couleurs

    Qu'on prendrait pour un champ de fleurs,

    La lumière partout ruisselle;

    Mais comme aussi partout se meut

Cette foule qui court où le plaisir l'appelle!

    Voyez donc! ce soir, elle pleut,

    Elle rit, elle se trémousse,

    Elle se rue, elle se pousse,

Elle a faim de spectacle, elle a soif de tout voir :

    Qu'elle est donc heureuse ce soir!

Mais pourquoi la voilà tout à coup haletante,

Fixant de tous ses yeux un point de l'horizon?

    Quelle peut être la raison

    De cette universelle attente?

C'est que le quai d'Orsay, pour ce peuple ébahi,

Va paraître bientôt un nouveau Sinaï,

Avec tous ses éclairs et son bruyant tonnerre.

Voyez, entendez donc : quelle vive clarté !

Quels éclats dans les airs, et quel jour sur la terre !

Est-on au jugement, en pleine éternité?

Mais tout à coup la scène change :

Ce n'est plus Sinaï, ce n'est plus Josaphat;

Par je ne sais quel art, quel artifice étrange,

    Tout revêt un autre apparat :

C'est l'aspect du Thabor, ce doux repos de l'âme;

    Mais quoi ! l'on dirait Notre-Dame !

Oui, c'est bien Notre-Dame et ses fonts baptismaux,

    Et la croix, et les saints flambeaux,

    Et le livre de l'Évangile :

    C'est tout le cérémonial

Du baptême récent du Prince Impérial :

    Tout rend l'illusion facile ;

Au brillant écusson de l'Empire français

    Se mêle celui du Saint-Siége :

Le Saint-Père paraît qui bénit et protége

Son filleul, qu'il conduit au céleste palais.

    Ouvre tes portes, Cité sainte,

    Montre à nos regards ton enceinte :

      O Jérusalem, je te vois

Ici-bas descendant du ciel toute brillante,

De jaspe, de saphir toute resplendissante ;

Je vois tes murs sacrés, que domine la croix,

    Formés de pierres précieuses ;

Tu sembles de splendeurs un immense océan,

Et comme un arc-en-ciel brille le nom de Jean,

Festonné tout autour d'étoiles radieuses.

    Jean, certes, est le plus grand nom :

C'est celui qu'a donné notre Pontife auguste

A son filleul Napoléon :
C'est ainsi que dans l'or un diamant s'incruste.

Jeune enfant, héritez de toutes les grandeurs
De celui qui vous est proposé pour exemple;
Que vôtre règne un jour ait toutes les splendeurs
De son pontificat, que l'univers contemple
    Avec tant d'admiration !
Comme ce saint Pontife, ayez la passion
Du bien, du beau, du grand; ajoutez-y la gloire :
    Ne connaissez que les lauriers;
Ah! qu'à jamais le Ciel vous préserve de boire
    Au calice des Oliviers,
    A ce calice amer où Pie
Pour vous en exempter a bu jusqu'à la lie !

NOTES.

I.

Page 25.

Oh! qu'il fait donc bon d'être ici!

Bonum est nos hic esse...

II.

Page 27.

C'est que le quai d'Orsay, pour ce peuple ébahi,
Va paraître bientôt un nouveau Sinaï.

C'est ordinairement au quai d'Orsay, sur la rive gauche
de la Seine, qu'est dressé l'appareil du feu d'artifice.

III.

Page 27.

Mais, quoi! l'on dirait Notre-Dame!
Oui, c'est bien Notre-Dame et ses fonts baptismaux.

Cette année, en effet, le *bouquet* a représenté l'intérieur
de Notre-Dame de Paris et le baptême du prince Impérial.

IV.

Page 28.

Ouvre tes portes, Cité sainte...

Attollite portas, principes, vestras... et introibit rex gloriæ.

(Ps. XXIII.)

V.

Page 28.

O Jérusalem ! je te vois
Ici-bas descendant du ciel toute brillante.

. . . .

Et ego Joannes vidi sanctam civitatem Jerusalem novam, descendentem de cælo a Deo.

(Apocalypse, XXI.)

Et fundamenta muri civitatis omni lapide pretioso ornata. Fundamentum primum, jaspis : secundum, sapphirus...

(Ibid.)

VI.

Page 28.

Et comme un arc-en-ciel brille le nom de Jean.

Tout ceci n'est qu'une description historique. L'auteur lui-même a lu le nom de Jean écrit en brillante banderole au-dessus de ces fonts baptismaux reproduits par le feu d'artifice.

PRÉDICTION.

Quis, putas, puer iste erit....

Saint Luc, 1, 66.

PRÉDICTION.

uel vous figurez-vous que sera cet enfant?
C'est ainsi que chacun, stupéfait des merveilles
Qui brillaient à ses yeux et frappaient ses oreilles,
S'écriait, à propos du précurseur naissant.

Ah! quand je vois aussi toutes les grandes choses
Qui rayonnent autour du Prince en son berceau,
Tant de gloires formant un splendide faisceau,
Tant de fleurs de vertu toutes fraîches écloses,

3.

Je pense et je prédis que l'enfant nouveau-né
De gloire et de vertu brillera couronné;
Je présage, en voyant cette heureuse semence,
Un ordre tout nouveau de siècles qui commence.

Sans redouter le loup, innocent agneau, pais :
Elle s'accomplira cette illustre parole,
Qui réjouit la France et si bien la console,
Bordeaux, tu t'en souviens : « L'Empire, c'est la paix. »

Parmi les nations plus d'homicide guerre;
Tout instrument de mort, détruit, anéanti,
En instrument de paix se verra converti :
Enfin de ses longs maux se repose la terre !
Trop longtemps des forfaits elle s'épouvanta,
Et du sang des mortels elle s'ensanglanta :
Elle ne sera plus désormais arrosée
Que de larmes d'amour, de céleste rosée.

Comme entre les États, chez les individus
Régneront à jamais et la douce concorde,
Le plus grand des bienfaits que le Seigneur accorde,
Et la religion, la source des vertus.

L'homme au ciel dérobant cette divine flamme
Qui s'appelle ici-bas, quel doux nom ! charité,
Ou, si l'on aime mieux, amour, fraternité,
Tous les cœurs des mortels ne formeront qu'une âme,
Tel que dès son berceau fut le monde chrétien ;
Personne ne dira : C'est le mien, c'est le tien.
C'est le vil intérêt qui toujours nous divise ;
Le propre de la foi, c'est qu'elle civilise !

Nous tous, frères de cœur, nous n'avons dans les cieux
Qu'un Père bien-aimé, notre Père céleste,
Que, nous associant et de voix et de geste,
Nous prions en commun de recevoir nos vœux.

Ainsi tous, ici-bas, nous n'aurons qu'un seul père,
Qu'un bien-aimé pasteur et qu'un même bercail
Où nous reposerons après notre travail :
Ce bercail, ce sera l'Église notre mère ;
Ce pasteur bien-aimé, le Pontife romain
Que le Christ établit père du genre humain,
Quand il lui confia les clefs de son royaume :
Notre phare sera de Saint-Pierre le dôme !

Jeune enfant, n'allez pas de nous être jaloux,
Craignant qu'à tant d'amour son grand cœur ne réponde :
Le Ciel l'a fait, ce cœur, aussi grand que le monde :
Prenez-y votre place ; il en reste pour nous.

De l'amour de son cœur vous serez l'objet tendre,
Son enfant spécial et son filleul béni ;
Nous serons ses Joseph, et vous son Bénoni :
D'aimer un si bon père on ne peut se défendre.

Prince, vous l'aimerez d'un amour souverain

Comme votre patrno, comme votre parrain ;

Rivalisant d'amour pour ce saint patriarche,

Nous serons dans son cœur comme dans la sainte Arche !

NOTES.

I.

Page 36.

De gloire et de vertu brillera couronné.

Gloria et honore coronasti eum.

(*Ps.* VIII, 6.)

II.

Page 36.

Je présage, en voyant cette heureuse semence,
Un ordre tout nouveau de siècles qui commence.

Magnus ab integro sæclorum nascitur ordo.

(VIRGILE, *Églogue* IV.)

III.

Page 36.

Sans redouter le loup, innocent agneau, pais...

Lupus et agnus pascentur simul.

(ISAÏE, LXV, 25.)

Que les méchants tremblent, et que les bons se rassurent.

(Paroles de l'empereur Napoléon III.)

I V.

Page 36.

Parmi les nations plus d'homicide guerre;
Tout instrument de mort, détruit, anéanti,
En instrument de paix se verra converti.

. . . .

Et conflabunt gladios suos in vomeres, et lanceas suas in falces : non levabit gens contra gentem gladium, nec exercebuntur ultra ad prœlium. . . . .

(ISAÏE; II, 4.)

V.

Page 37.

Tous les cœurs des mortels ne formeront qu'une âme,
Tel que dès son berceau fut le monde chrétien;
Personne ne dira : C'est le mien, c'est le tien...

Multitudinis autem credentium erat cor unum et anima una : nec quisquam eorum, quœ possidebat, aliquid suum esse dicebat, sed erant illis omnia communia.

(*Actes des Apôtres*, IV, 32.)

V I.

Page 38.

Qu'un bien-aimé pasteur et qu'un même bercail...

Fiet unum ovile et unus pastor.

(SAINT JEAN, X, 16.)

L'ORPHELINAT

DU

PRINCE IMPÉRIAL.

(Extrait du *Moniteur* du 24 décembre 1867.)

« L'enfant a-t-il perdu ses parents, il est recueilli par une honnête famille d'ouvriers, qui, moyennant une subvention de deux cent vingt-quatre francs en moyenne, l'élève et lui apprend un état... A qui cet enfant doit-il sa nouvelle famille et cette protection incessante? Encore à l'Impératrice. — En 1856, à la naissance du Prince Impérial, la population du département de la Seine offrit à l'Impératrice, comme témoignage d'allégresse et de dévouement, une somme de cent mille francs, montant de souscriptions limitées à cinq et dix centimes. La Souveraine consacra cette offrande aux enfants du peuple, et fonda l'*Orphelinat du Prince Impérial*, faisant ainsi de son fils *le patron des pauvres orphelins...* »

L'ORPHELINAT

DU

PRINCE IMPÉRIAL.

Que je plains le pauvre petit
    A qui le Ciel ravit son père !
Doublement je le plains, s'il perd aussi sa mère !
Tel qu'un petit oiseau qui, resté dans son nid
    Sans sa mère et sans sa pâture,
Inquiet, les demande à toute la nature.

    Prêtez-lui l'oreille : il est là
    Qui bat toujours l'air de son aile ;

C'est sa mère qu'il veut, et toujours il l'appelle,

Toujours il croit la voir, et se dit : La voilà !

    Mais il se trompe : dans l'espace,

Sans s'arrêter au nid, tout passe et tout repasse.

    Pauvre orphelin, petit oiseau,

    Cesse tes cris et tes alarmes :

Plus de gémissements, désormais plus de larmes :

Vois ce petit enfant penché sur ton berceau,

    C'est ton prince et ton petit frère

Qui te tient lieu de tout, par qui tout te prospère.

    Lui, le fils de Napoléon,

    Vient au secours de la faiblesse ;

Tout orphelin devient l'objet de sa tendresse,

Telle la jeune Iphis, fille de Pharaon,

    Des eaux du Nil sauve Moïse

En disant à la femme à ses ordres soumise :

« De cet enfant gardez les jours

» Et donnez-lui sa nourriture;

» Si vous élevez bien la jeune créature,

» Vous recevrez de moi subsides et secours. »

        Pour l'enfant ô bonheur suprême!

Cette femme nourrice est sa mère elle-même!

Ainsi prenant entre ses bras

    L'enfant privé de sa famille,

Imitant de Memphis cette royale fille,

Le Prince Impérial le soustrait au trépas.

        O charité compatissante!

Avec ces mots d'amour au peuple il le présente :

« De cet enfant ayez bien soin;

» Faites l'asseoir à votre table :

» Qu'il trouve auprès de vous, non pas le confortable,

» Mais ce qui nourrit bien : son principal besoin,

» C'est un corps vigoureux, robuste,

» Un corps apte au travail, une âme forte et juste. »

Le Prince a dit, et l'ouvrier,

Touché de ce zèle d'apôtre,

Lui répond : « Je le veux, l'enfant sera le nôtre;

» Notre atelier aussi sera son atelier :

» Je lui lègue mon industrie,

» Avec l'amour de Dieu, l'amour de la patrie. »

Et voilà ce jeune orphelin,

Mais il ne l'est plus, je m'abuse,

Qui plein d'ardeur travaille ou qui joyeux s'amuse :

Il n'aura jamais plus ni souci ni chagrin;

Il vient de recouvrer la joie;

Ses jours à l'avenir seront filés de soie.

Grâce au Ciel, il a retrouvé

Son père, sa mère et ses frères

Dans ce foyer béni de nobles prolétaires,

Tous ces trésors d'amour dont il se vit privé :

Du bonheur ô nouveau prélude!

Mais à qui devra-t-il toute sa gratitude?

A qui doit remonter l'encens

Qui s'échappe de sa jeune âme,

Comme d'un encensoir où petille la flamme?

A qui s'adresseront ses vœux reconnaissants?

Au Trône, à la douce Eugénie,

Qui de l'amour du bien a reçu le génie;

Au Prince Impérial aussi :

Car c'est sous ses nobles auspices

Que surgissent partout tant d'œuvres protectrices :

Oui, jeunes orphelins, dites-lui bien merci!

Aimez l'ami de votre enfance :

Vous l'aimerez un jour Empereur de la France!

4.

NOTES.

I.

Page 48.

Telle la jeune Iphis, fille de Pharaon.

Ecce autem descendebat filia Pharaonis.

(*Exode*, II.)

L'Écriture ne nomme pas la fille de Pharaon. Si l'auteur lui donne le nom d'Iphis, c'est à l'exemple d'un de nos plus célèbres poëtes, qui la nomme ainsi dans une de ses plus belles odes.

II.

Page 49.

De cet enfant gardez les jours
Et donnez-lui sa nourriture...

. . . .

Accipe, ait, puerum istum, et nutri mihi : ego dabo tibi mercedem tuam...

LE MANTEAU.

ÉPISODE

FAISANT SUITE A LA FONDATION

DE L'ORPHELINAT DU PRINCE IMPÉRIAL.

Voici l'historique de cet épisode :

« Le 12 novembre de l'année 1857, j'eus une visite à rendre à Son Éminence monseigneur le Cardinal Morlot, de douce et pieuse mémoire, qui venait d'être appelé, cette même année, de l'archevêché de Tours à celui de Paris. Selon l'usage, je déposai mon pardessus dans l'antichambre et je ne gardai que le manteau de cérémonie. Quelle ne fut pas ma surprise lorsque, au sortir de mon entrevue avec Son Éminence, je ne trouvai, à la place de mon pardessus tout neuf, qu'un autre pardessus déjà usé ! Comme je cherchais et furetais partout, Monseigneur vint à sortir de sa

chambre, et me demanda quelle était la cause de mes
investigations et de mon inquiétude, car il paraît que
mon visage trahissait un peu ce sentiment. Mais à
l'apparition de Monseigneur, ce sentiment se dissipa
bien vite, et je lui répondis en souriant que j'aurais
l'honneur de lui répondre plus tard ; or la réponse ne
se fit pas longtemps attendre : le lendemain, 14 novembre, je lui adressai la pièce suivante. Ce qui donna
un peu de piquant à cette pièce de poésie, c'est que le
pauvre frère que je supposais très-gratuitement être
un pauvre de Jésus-Christ n'était autre que l'évêque
d'un diocèse voisin de la capitale, qui, aussitôt qu'il
reconnut son erreur, s'empressa de me renvoyer mon
vêtement, en l'accompagnant de ses excuses et des
compliments les plus gracieux. »

LE MANTEAU.

RÉCIT

ADRESSÉ A SON ÉMINENCE

MONSEIGNEUR LE CARDINAL MORLOT,

ARCHEVÊQUE DE PARIS,

CI-DEVANT ARCHEVÊQUE DE TOURS.

14 NOVEMBRE 1857.

Cette semaine, un beau matin,

Le lendemain d'un jour de fête,

De la fête de saint Martin,

J'allais méditant dans ma tête

Comment ramener les beaux jours

Du grand saint évêque de Tours?

Ce pensant, j'arrive à la porte

De son éminent successeur,

Avec mon manteau d'une ampleur

Faite pour ma taille un peu forte

Et pour les premiers froids du temps :

Je ne puis entrer de la sorte :

L'usage prime les autans.

Je quitte donc ma chrysalide,

Comme un papillon de printemps

Que l'aile du seul zéphyr guide.

Avouons que chez Sa Grandeur

On n'éprouve aucune froideur,

Que tout est sous sa tendre égide

Brise d'amour, douce tiédeur.

Je garde par *cérémonie*

L'unique et simple mantelet,

Léger crêpe de gaze unie

Qui, malgré son large collet,

Malgré sa longueur infinie,

Ne peut valoir cette moitié

Qu'à Martin laissa la pitié.

Or, après qu'à Son Éminence

J'ai rendu mon pieux devoir,

Le cœur tout satisfait, je pense

M'en retourner à mon manoir.

Mais... où donc est mon pardessus?

Tout ici change donc de face?

Un pourpoint usé le remplace.

.   .   .   .

Soyez béni, mon doux Jésus!

Un frère, bien sûr, par mégarde

Sur ses épaules l'aura mis.

Pauvre frère! Eh bien, qu'il le garde :

Jésus se montre en ses amis.

Ainsi, grâce au saint Évangile,

Je me résigne et sors tranquille;

Et puis, quand le soir est venu,

Je m'endors, pensant en mon âme

A ces paroles : « J'étais nu,

» Et par vous je fus revêtu. »

Mais quel songe heureux me réclame?

. . . .

A peine en ce penser pieux

Je viens de fermer ma paupière,

Que je vois, brillant de lumière,

Saint Martin descendre des cieux :

Sa robe est d'un rouge écorlate,

Sur son visage vénéré

Une aimable douceur éclate,

Semblable au pontife adoré

Qui parut à Tours son émule,

Et qui, dans l'illustre Paris,

Sur ce grand siége de Denis

Par son humilité s'annule.

Sur le cœur de Martin je vois

Même gland d'or et même croix;

Sur son front, c'est même auréole,

Sur ses lèvres, même parole ;

Il s'approche et tout bas me dit

Avec cette voix bien connue

Qui peint son âme toute nue :

« Toi qui partages ton habit

» Avec le Seigneur Jésus-Christ,

» Parmi la troupe séraphique

» Viens goûter, comme jadis moi,

» La vision béatifique :

» Contemple l'objet de ta foi. »

Et soudain, spectacle admirable,

J'ai vu de Bethléhem l'étable :

Étendu sur la paille fraîche,

Jésus était là dans sa crèche,

Avec Marie et son Époux,

Et les bergers et les rois Mages,

Lui rendant leurs tendres hommages

Et l'adorant à deux genoux ;

Et puis, se détachant des anges,

Paraît le PRINCE IMPÉRIAL,

Offrant au nouveau-né pour langes

Un splendide manteau royal.

Mais point je ne m'illusionne :

C'est lui-même... mon vêtement

Que brillante le diamant.

« Qui donne au pauvre à Jésus donne ! »

Me crie une vibrante voix

Qui dans tous les mondes résonne,

Du ciel à la terre, à la fois.

Et j'ai compris l'Orphelinat

Qui prend son nom du jeune Prince :

Par lui, l'obole la plus mince

Vaut un talent, vaut un ducat,

Avec la petite layette
Qu'offre à l'enfant la charité,
On se prépare, l'on achète
La robe d'immortalité !

NOTES.

I.

Page 59.

Comment ramener les beaux jours
Du grand saint évêque de Tours?

Tout le monde connaît le trait de la vie de saint Martin auquel fait allusion ce récit. Saint Martin, n'étant que catéchumène, rencontra un jour aux portes d'Amiens un pauvre à moitié nu et tremblant de froid qui lui demanda l'aumône. Martin ayant déjà distribué tout son argent, ne trouva rien de mieux que de couper son manteau par le milieu et d'en donner une moitié à ce pauvre. Or, la nuit suivante, il eut un songe dans lequel il vit Jésus-Christ vêtu de cette même moitié de manteau et disant à ses anges qui l'environnaient : « Martin, encore catéchumène, m'a revêtu de ce manteau. »

II.

Page 62.

Semblable au Pontife adoré
Qui parut à Tours son émule...

La douceur, l'humilité, et par-dessus tout la charité,

5.

telles furent les vertus distinctives de Mgr Morlot. Pour faire son éloge, il suffit de dire qu'après avoir été successivement Évêque d'Orléans, Cardinal Archevêque de Tours, Cardinal Archevêque de Paris, et avoir cumulé avec ces éminentes charges celles de sénateur, de Grand Aumônier de l'Empereur, etc., ce qui ne l'empêchait pas de mener le train de vie le plus simple, il est mort dans un état voisin de la pauvreté. Dieu seul sait tout le bien caché qu'il a fait.

LA SOCIÉTÉ

DU

PRINCE IMPÉRIAL.

Quid hic statis tota die otiosi?

(SAINT MATTHIEU, xx, 6.)

(Extrait du *Moniteur* du 24 décembre 1867.)

« En 1862, l'Impératrice, frappée des difficultés de la vie ouvrière, fonde la Société du Prince Impérial, dont le but est de faciliter par des prêts l'achat des instruments, outils, ustensiles, meubles ou matières premières nécessaires au travail, et de venir en aide aux besoins accidentels et temporaires des familles laborieuses...

» Jusqu'alors il n'existait véritablement pour l'ouvrier qu'une sorte de crédit, le crédit à la chose, le prêt sur gage; l'institution nouvelle a inauguré pour lui le crédit personnel. — Avec ce crédit, la dignité de l'emprunteur, loin de s'amoindrir, s'affirme. Voyant que son courage est une valeur appréciée, il tient à ne pas déchoir de la confiance que lui accorde cette *banque gratuite des prêts d'honneur*, et pratique mieux les vertus de famille. »

LA SOCIÉTÉ

DU

PRINCE IMPÉRIAL.

Debout ! au travail ! allons, vite !

   Au travail, diligents humains !

Le père de famille au travail vous invite ;

Des outils du travail, allons ! armez vos mains !

Mais d'où vient que plusieurs restent là sans rien faire ?

   On les voit, tout le long du jour,

   Dans la rue ou le carrefour,

Rêveurs, les bras croisés, sans souci du salaire :

Ils ne savent donc pas, ces disciples nouveaux,
Que Jésus fut toujours dans de rudes travaux?

        Debout! au travail! allons, vite!
        Au travail, diligents humains!
Le père de famille au travail vous invite,
Des outils du travail, allons! armez vos mains!

J'aborde un des oisifs et je lui dis : « Mon frère,
        » Vous savez cette vérité,
        » Que madame l'Oisiveté
» Pour le peuple est toujours mauvaise conseillère :
» Sortez donc du repos, devenez diligent;
» Oh! que ce mot est vrai : Le temps, c'est de l'argent! »

        Debout! au travail, allons, vite!
        Au travail, diligents humains!
Le père de famille au travail vous invite;
Des outils du travail, allons! armez vos mains!

Mon frère me répond : « Ah! le travail, je l'aime :

» Le travail, c'est ma passion ;

» Du travail je suis le lion ;

» J'adore le travail : c'est mon bonheur suprême;

» Oui, je veux travailler; mais voyez, je ne puis,

» De matière et d'outils dépourvu que je suis. »

Debout! au travail, allons, vite!

Au travail, diligents humains!

Le père de famille au travail vous invite;

Des outils du travail, allons! armez vos mains!

— Ah! je sais maintenant du mal quelle est la source :

Si le malheureux ouvrier

Souvent déserte l'atelier,

Il faut s'en prendre, hélas! au manque de ressource :

Frères, pardonnez-moi; je sens que j'avais tort

De tant vous gourmander, de vous crier si fort :

Debout ! au travail ! allons, vite !

Au travail, diligents humains !

Le père de famille au travail vous invite ;

Des outils du travail, allons ! armez vos mains !

Au mal si grand Dieu seul peut porter un remède :

Le travail, ô Dieu tout-puissant,

Faute de matière est gisant :

Du fond de son abîme, il vous crie à son aide :

De la loi du travail vous êtes bien l'auteur ;

Mais vous vous réservez le pouvoir créateur.

Debout ! au travail, allons, vite !

Au travail, diligents humains !

Le père de famille au travail vous invite ;

Des outils du travail, allons ! armez vos mains !

En faveur du travail votre bonté féconde

Peut, comme dans le temps ancien,

Envoyer un ange gardien
Qui l'assiste toujours et partout le seconde :
Ainsi vous avez fait en faveur d'Ismaël;
Vous n'en fîtes pas moins en faveur d'Israël.

Debout ! au travail, allons, vite !
Au travail, diligents humains !
Le père de famille au travail vous invite ;
Des outils du travail, allons ! armez vos mains !

L'ange est prêt, le voici : c'est notre Impératrice
Qui vient en aide aux travailleurs :
Peuple, ne cherche pas ailleurs ;
Elle tient en ses mains la vertu créatrice :
Voyez-vous ce collier de riches diamants?
Elle en fait du travail les humbles instruments.

Debout ! au travail, allons, vite !
Au travail, diligents humains !

Le père de famille au travail vous invite;
Des outils du travail, allons! armez vos mains!

L'œuvre du *prêt* se fonde et déjà fonctionne,
    Semant les bienfaits sur ses pas
    Et donnant vie et force aux bras :
A l'envi le succès en tous lieux le couronne;
Mais il lui faut un nom, un nom national :
On le nomme *le prêt du Prince Impérial.*

    Debout! au travail, allons, vite!
    Au travail, diligents humains!
Le père de famille au travail vous invite;
Des outils du travail, allons! armez vos mains.

L'Impératrice est donc la dame patronnesse,
    Et son Fils le noble patron
    Du travail de la nation.
A leur souffle puissant tout grandit, tout progresse :

Peuple de travailleurs, garde toujours en toi
Pour la Mère et le Fils reconnaissance et foi !

Debout ! au travail, allons, vite !
Au travail, diligents humains !
Le père de famille au travail vous invite !
Pour bénir le Seigneur, élevez tous vos mains !

NOTES.

I.

Page 74.

Que Jésus fut toujours dans de rudes travaux.

In laboribus fui a juventute mea.

(*Ps.* LXXXVII, 16.)

II.

Page 77.

Voyez-vous ce collier de riches diamants?
Elle en fait du travail les humbles instruments.

Ce collier de diamants avait été voté par le conseil muni-cipal de Paris, comme présent de noces fait à l'Impératrice; la jeune souveraine en fit une œuvre de charité qui n'est pas tout à fait celle qui fait l'objet de cette poésie. L'auteur espère qu'on lui pardonnera ce léger anachronisme; car ce n'est ici qu'une question de temps : l'œuvre a été faite en faveur du peuple; par conséquent, elle ne change pas d'espèce.

AMOUR FILIAL.

AMOUR FILIAL.

---

onstres qui répandiez l'effroi dans l'univers
Par vos attentats régicides,
Pour ne plus en sortir, rentrez dans les enfers,
Dans le commun des homicides :
Il est écrit là-haut que vos desseins pervers,
O miracle constant, sublime !
N'aboutiront jamais au triomphe du crime.

Non, et mille fois non, le crime du méchant
N'obtiendra jamais d'autre gloire

Que de faire entonner à l'Église son chant

    De la grâce et de la victoire;

Notez bien que c'est là son seul effet marquant :

    Il n'avait soif que du tragique;

Qu'obtient-il pour effet?... — L'Ambroisien cantique.

Un autre résultat auquel je ne pensais :

    Il double la reconnaissance

Envers le Souverain de l'Empire français;

    Il est facile encore en France,

Même sans le chercher, d'obtenir ce succès :

    L'amour languissait dans notre âme;

Un attentat survient qui l'allume et l'enflamme.

Cependant l'Empereur reçut un certain jour

    Une légère cicatrice,

Et même à cet aspect, dans l'effroi de l'amour,

    Sa compagne l'Impératrice

Dit en levant les yeux vers la céleste cour :

     « Faisons à Dieu notre prière,

» Car nous voici, Louis, à notre heure dernière ! »

Rassurez-vous, Madame, ah ! je le garantis,

     Ce n'est pas ce soir, à cette heure,

Que vous serez tous deux dans le saint Paradis ;

     Vous ne changez pas de demeure,

Et vous n'en changerez de longtemps ; je le dis,

     Quoi que tente la main d'un lâche,

Vous remplirez ici votre céleste tâche.

Pour cette tâche il faut toute votre bonté,

     Douce et magnanime Eugénie,

Il faut votre grand cœur et votre activité ;

     Elle est grande, elle est infinie ;

Grande, infinie, elle est comme la charité :

     Témoin ces pauvres, ces malades :

C'est un fort assuré contre les mitraillades.

Ce ne peut être aussi l'heure de votre Époux :

    Voyez, et prêtez votre oreille :

Pour lui la France prie, elle prie à genoux,

    Qu'il poursuive en paix la merveille

D'un règne glorieux pour lui-même et pour nous,

    Qu'il achève ces grandes choses,

Toutes ces œuvres d'art qui sont à peine écloses.

Mais regardez surtout cet enfant précieux

    Dont l'innocente et si jeune âme

A besoin du concours à la fois de vous deux

    Et qui tendrement vous réclame.

Il faut que vous viviez pour cet objet pieux ;

. . . .

    Tout fait silence... plus de bombe;

Votre attelage seul est atteint et succombe.

. . . .

Or, ceci se passait au moment de la nuit :

Il dormait, lui, le petit ange ;
Mais quel songe cruel l'agite et le poursuit ?
    Comme son teint de couleur change !
Hors de France en un bois ce songe l'a conduit,
    Où des loups autour de son Père
Veulent le dévorer, sans épargner sa Mère.

A peine dégagé de ce pesant sommeil,
    Vers son tendre Père il s'élance
Pour le tribut du jour, le baiser du réveil :
    Aujourd'hui plus vif il devance
Par un secret instinct le lever du soleil :
    Il a tant souffert dans son songe !
Il lui tarde de voir que ce n'est qu'un mensonge.

Mais pourquoi sur son front ce linge, ce lambeau ?
    Ça ne lui plaît pas ; il l'enlève :
Il veut baiser son front et « ce linge pas beau » ;
    Mais que voit-il ? Ah ! plus de rêve !

Il s'écrie éperdu : « Papa! papa! bobo! »

    Et ses yeux répandent des larmes :

Elles n'étaient donc pas trompeuses ses alarmes!

De tant d'amour ému, le héros, l'Empereur,

    Heureux comme en un jour prospère,

De ses yeux attendris laisse échapper un pleur,

    Disant : « Tu l'aimes donc ton père! »

Et pressant de nouveau son enfant sur son cœur,

    Il sent le bonheur de la vie :

Dieu ne pouvait souffrir qu'elle lui fût ravie!

NOTES.

I.

Page 85.

Pour ne plus en sortir, rentrez dans les enfers,
    Dans le commun des homicides.

Il est permis de supposer que quelques-uns de ces misérables qui ont attenté à la vie des souverains se sont laissé tenter par un secret appât de la vaine gloire. Il est temps de leur assigner leur vraie place, qui est celle des vulgaires homicides : qu'ils sachent bien qu'ils n'auront jamais d'autre partage que la mémoire universellement exécrée des Caïn et des Judas.

II.

Page 85.

Il est écrit là-haut que vos desseins pervers,
    O miracle constant, sublime !
N'aboutiront jamais au triomphe du crime.

Chose digne de remarque : il est inouï que depuis l'invention des armes à feu, un seul attentat contre la vie des souverains par une de ces armes ou machines infernales ait réussi.

III.

Page 87.

Car nous voici, Louis, à notre heure dernière.

Paroles textuelles : « Louis, voici notre dernière heure!

IV.

Page 89.

Hors de France, en un bois, ce songe l'a conduit.

. . . .

Il est bon de remarquer pour l'honneur de la France que
la plupart de ces attentats ont eu pour auteurs des étrangers.

LE PRINCE IMPÉRIAL

A VICHY

LE 5 AOUT 1866.

Ces vers ont paru à l'époque dans le *Programme*,
journal de Vichy.

LE PRINCE IMPÉRIAL

A VICHY

LE 5 AOUT 1868.

Vive le Prince Impérial !
   Vive aussi l'Empereur son père !
   C'est notre cri national ;
   Qu'à ce cri tout Français espère.

Ce cri, ce noble cri, si vibrant et si fort,
Quand de plusieurs milliers de poitrines il sort,
   Quand c'est le cri d'un peuple immense,
Je l'ai, grâces à Dieu, de bien près entendu,
Au milieu du bon peuple où j'étais confondu :

Hier soir j'attendais, trépignant d'espérance,

    A Vichy, ce nouveau Memphis,

L'Enfant qui porte en lui les destins de la France,

    Le noble, le bien-aimé Fils

    Du médiateur de l'Europe,

Notre jeune César, en qui se développe

La gloire héréditaire avec l'auguste nom

    De l'immortel Napoléon :

    Comment si petite enveloppe

    Ainsi peut-elle contenir

    Tant de gloire et tant d'avenir?

Mais pendant que d'esprit et de cœur je l'admire,

Tout à coup sur son char il parait à nos yeux;

Il est, dès ce moment, l'unique point de mire

Et de nous tous mortels et des anges aux cieux :

Il rappelle leur frère et par son doux sourire,

Et par son air aimable, et son port gracieux,

    Et son charmant œil d'un bleu tendre.

Oh ! comme à tous le cœur battit,
Quand de son char il descendit !
Alors ce cri se fit entendre :

Vive le Prince Impérial !
Vive aussi l'Empereur son père !
C'est notre cri national ;
Qu'à ce cri tout Français espère !

Notre cœur se remit à battre,
Quand le Prince reçut, tendre et calme à la fois,
Le baiser paternel de Napoléon Trois !
Tu seras Napoléon Quatre,
Je me disais à basse voix.

Et lorsque au noble enfant tous les hauts personnages,
Les ministres et généraux,
Eurent offert leurs doux hommages,
Vint à son tour Lindor, après les grands vassaux,

Lindor, le chien Lindor, heureux de reconnaître

Aux bords de l'Allier son jeune et tendre maître,

Exprimant son bonheur par ses bonds et ses sauts,

    Image de l'amour fidèle !

    A ce spectacle attendrissant

    Qui naturellement rappelle

Et le jeune Tobie et son chien caressant,

Scène des anciens jours, qui devient actuelle,

    Le peuple avec amour sourit :

Ah ! le peuple a du cœur et même de l'esprit.

Oh ! que de mots charmants j'entendis de sa bouche !

Ce souvenir du cœur aujourd'hui m'attendrit :

Ah ! c'est que de bien près ce bon peuple me touche !

    Mais c'est que je suis peuple, moi !

    Nous disions donc avec émoi :

    « Oh ! qu'il est doux, qu'il est aimable !

    » O le doux ! ô l'aimable enfant !

    » De sa Mère il a l'air affable,

» Et de son Père il a le sang-froid imposant. »

Et puis s'élança de la foule

Ce cri retentissant comme la mer qui houle :

Vive le Prince Impérial !

Vive aussi l'Empereur son père !

C'est notre cri national ;

Qu'à ce cri tout Français espère !

. . . .

Mais ce matin, dimanche, oh ! quelle belle scène

Vient de se présenter à mes yeux éblouis !

Ce même Prince, à pied sa piété l'amène

Au temple du Seigneur, où déjà recueillis,

Pour prier avec lui, nous étions réunis.

Il entre, et retentit soudain ce chant des anges :

Gloire à Dieu dans les cieux et sur la terre paix !

C'est ainsi qu'autrefois les célestes phalanges

De l'Enfant Roi des rois chantèrent les bienfaits.

7.

Or, lui, l'enfant pieux, tout à l'œuvre divine,

Ne cesse de prier, et quand son front s'incline

En présence de Dieu, du Dieu du saint autel,

    Pour qui ses vœux montent au Ciel?

    Ah! je le sens, je le devine :

    C'est pour son père l'Empereur,

    Pour sa mère l'Impératrice,

Des pauvres du bon Dieu la grande bienfaitrice;

Pour la France surtout il prie avec ferveur.

   . . . .

Maintenant, ô mon Dieu! moi votre serviteur,

Je m'en irai content, selon votre parole,

Ayant eu de mes yeux le doux bonheur de voir

Celui qui, des Français le salut et l'espoir,

    De nos maux passés nous console,

Reflétant des héros la splendide auréole.

    Semblable au vieillard Siméon,

    A la fin de sa longue attente,

Je vais quitter demain Vichy-Napoléon,

    Le cœur joyeux, l'âme contente,

    En répétant ce gai refrain,

Qui sera des Français la devise constante,

    Et qui donne à tous de l'entrain :

    Vive le Prince Impérial !

    Vive aussi l'Empereur son père !

    C'est notre cri national ;

    Qu'à ce cri tout Français espère !

NOTES.

I.

Page 96.

A Vichy, ce nouveau Memphis.

Memphis, ville célèbre par ses monuments, fut longtemps la résidence des rois d'Égypte. Vichy lui est ici comparé, soit à cause de la beauté de ses nouvelles constructions et de ses nouveaux sites, tels que le nouveau Casino, la nouvelle église, le nouveau parc, les nouvelles rues, les nouveaux chalets, etc., soit à cause de la résidence qu'y fait l'Empereur presque tous les ans, pendant la saison des eaux.

II.

Page 96.

Le noble, le bien-aimé Fils
Du médiateur de l'Europe.

C'est le titre qui a été donné cette année à Sa Majesté l'Empereur par plusieurs États européens et qui était écrit en splendides caractères au frontispice de l'arc de triomphe érigé sur son passage à Vichy.

III.

Page 97.

Vint à son tour Lindor, après les grands vassaux,
Lindor, le chien Lindor... •

Tout, jusqu'à cet épisode du chien, est historique.

(*De visu.*)

IV.

Page 98.

Et le jeune Tobie et son chien caressant.

. . . .

*Tunc præcucurrit canis... blandimento suæ caudæ
gaudebat.*

(TOBIE, XI, 9.)

V.

Page 100.

Maintenant, ô mon Dieu! moi votre serviteur.

Nunc dimittis servum tuum, Domine...

VI.

Page 101.

Je vais quitter demain *Vichy-Napoléon.*

C'est le nom qu'a pris la ville en reconnaissance de tous
les bienfaits dont elle a été comblée par Sa Majesté l'Empereur.

PROGRÈS.

Puer autem crescebat.

(Saint Luc, ii, 40.)

PROGRÈS.

Il croissait, il croissait, le doux Sauveur des hommes,

    Jésus, le tendre amour des cieux,

    Semblable à l'astre radieux

Qui, dissipant la nuit avec ses noirs fantômes,

    S'en va, de son pas de géant,

    Fournir son immense carrière,

Et de ses feux semer, comme un champ de lumière,

Les campagnes de l'air, de l'aurore au couchant.

Il croît, il croît aussi notre bien-aimé Prince,

    Il croît et grandit chaque jour;

Mais plus encor croît notre amour :

Tous l'aiment à Paris comme dans la province.

Il croît en sagesse, en vertu,

En même temps qu'il croît en âge :

N'est-ce pas, on le sait, le naïf témoignage

Qu'il s'est lui-même un jour fort à propos rendu?

C'était l'école communale

D'un des grands quartiers de Paris,

Où dans une très-vaste salle

Tous les enfants sont réunis,

A l'heure où sous les yeux d'un frère

Chaque intelligent écolier

Travaille et s'applique à bien faire

Sur sa carte ou sur son papier.

Mais voilà qu'une grande dame

Dans la classe apparaît soudain :

— ' .elle peut-être cette femme?...

Elle tient son fils par la main :

N'est-ce pas la douce Marie

Avec son doux enfant Jésus?'

.   .   .   .

— Ce n'est pas la Vierge chérie,

Ce n'est nulle femme non plus.

Qu'est-ce donc? — C'est l'Impératrice

Avec le Prince Impérial.

A l'instant tout autre exercice

Cesse pour l'accueil cordial :

Plus de dessin, plus d'écriture :

Un hourra d'applaudissements,

A la place de la lecture,

Fait connaître leurs sentiments.

Nos écoliers d'allégresse ivres

Par terre laissent tout tomber,

Tous leurs cahiers et tous leurs livres :

Et le Prince de se courber,

Pour exempter de cette peine

Ses enthousiastes amis :

Le noble enfant pour eux se gêne;

A ses aînés il est soumis.

Mais il voit une belle page :

C'est un vrai chef-d'œuvre de l'art;

Il appelle sur cet ouvrage

De sa Mère le doux regard :

Celle-ci, d'un ton mi-sévère

Qui va droit au cœur de son Fils :

« Quand donc sauras-tu si bien faire,

» Lui dit-elle, mon cher Louis?

» — Mais, Maman, quand j'aurai leur taille, »

Lui répond Louis son enfant;

« Pour faire aussi chose qui vaille,

» Attendez que je sois plus grand. »

Tous à leur jeune camarade

Et de sourire et d'applaudir;

Ils le font monter sur l'estrade :

C'est un prompt moyen de grandir.

Oui, grandissez toujours, enfant, notre espérance,

Louis, notre jeune empereur,

Grandissez devant le Seigneur;

Croissez et grandissez pour nous et pour la France,

Ne gardez que la pureté

De votre intéressant jeune âge;

Comme le Fils de Dieu dont vous êtes l'image,

Puissiez-vous toujours croître en grâce, en vérité !

Il croissait, il croissait, le doux Sauveur des hommes,

Jésus, le tendre amour des cieux,

Semblable à l'astre radieux

Qui, dissipant la nuit avec ses noirs fantômes,

S'en va de son pas de géant

Fournir son immense carrière,

Et semer de ses feux, comme un champ de lumière,

Les campagnes de l'air, de l'aurore au couchant.

NOTES.

I.

Page 107.

Semblable à l'astre radieux.

. . . .

Exsultavit ut gigas ad currendam viam; a summo cœlo egressio ejus; et occursus ejus usque ad summum ejus...

(*Ps.*, XVIII, 6.)

II.

Page 108.

C'était l'école communale
D'un des grands quartiers de Paris...

Cette petite anecdote, dans tous ses détails, n'est que la reproduction du récit des journaux de cette semaine.

III.

Page 109.

Ce n'est nulle femme non plus.

Ceci rappelle le jeune enfant qui disait à sa mère : N'est-ce pas, mère, *que vous n'êtes pas une femme*, vous, mais que vous êtes ma mère ?

8

LA MALADIE.

8.

LA MALADIE.

Quel bruit lugubre vient se répandre soudain,
Lorsque tout allait bien, que tout semblait prospère !
Tel serait, quand le ciel paraît calme et serein,
Un grand coup de tonnerre !

On dit que cet enfant si frais, si radieux,
Qu'aucun défaut du corps jusqu'ici ne dégrade,
Lui qui faisait l'amour de la terre et des cieux,
On dit qu'il est malade !

— Hé quoi! malade, lui? le Prince Impérial?
A ce calice amer Dieu le condamne à boire?
Pas possible, c'est faux; cessez ce bruit fatal :
    Personne n'y peut croire.

— Hélas! oui, fatal bruit, mais bruit qui point ne ment :
Il est déjà frappé, ce prince, à son aurore,
D'un mal mystérieux qui va le consumant,
    D'un mal qui le dévore.

Tous les hommes de l'art ont été consultés,
Mais inutilement : tous ces habiles hommes
N'ont rien compris au mal; tous sont épouvantés
    A l'aspect des symptômes.

Un seul, dit-on, un seul entre tous ces docteurs
Veut bien à tout hasard essayer sa science,
En exposant le Prince à d'atroces douleurs,
    Faire une expérience.

Mais cette expérience est peut-être la mort !

O cruel risque-tout ! Avant qu'il ne l'accueille,

Regardant son enfant et pleurant sur son sort,

    L'Empereur se recueille.

La proposition le trouble, lui fait peur :

De l'antique Abraham il éprouve la crainte,

Quand il frappe son fils par l'ordre du Seigneur,

    Sans murmure et sans plainte.

Abraham, lui, du moins, avait l'ordre d'en haut :

Il pouvait obéir, même avec allégresse :

Ah ! l'on peut espérer, quand du Dieu Sabaoth

    On tient une promesse.

Mais d'espérer ici l'on n'a plus même lieu :

On ne peut espérer, s'il faut que le bras frappe,

Qu'un autre bras plus fort, le bras même de Dieu,

    Pare aux coups d'Esculape.

Allons donc au Seigneur, laissant là l'art humain :
C'est lui qui fait mourir, c'est lui qui vivifie ;
Il conduit au tombeau ; mais il tient en sa main
    Le pouvoir de la vie.

Quand Lazare souffrait, vous ne savez donc pas
Qu'au moment où la mort l'appelait à son gouffre,
Marthe vers le Sauveur vint diriger ses pas
    Et lui dit : « L'ami souffre. »

Or, Lazare dormait du sommeil du cercueil ;
Jésus sait bien qu'il dort de ce sommeil funeste ;
Il vient à lui pourtant avec son âme en deuil :
    Et vous savez le reste.

Le Prince, Dieu merci, n'en est pas encor là ;
Mais vers le bon Jésus il est temps que l'on parte,
Pour l'avertir qu'il vienne et dise : Me voilà !
    Où donc est-elle, Marthe ?

Marthe, Marthe, courez, volez, empressez-vous
Pour ce nouveau Lazare aimé du divin Maître;
Allez prier Jésus, tombez à ses genoux,
        Et l'espoir va renaître.

Mais si Lazare avait une angélique sœur,
Le Prince n'en a point en qui son âme espère,
Sur le zèle de qui puisse compter son cœur...

. . . .

        — Bien mieux, il a sa Mère !

Sa Mère a d'une sœur l'ineffable bonté :
On l'appelle du nom de *ma sœur Eugénie;*
Et de plus, elle est mère : elle est en charité
        Plus que Marthe et Marie.

Pour prier le Seigneur que son fils soit rendu
A l'amour de sa mère, à l'amour de la France,
Croyez qu'elle n'a pas si longtemps attendu :
        — Elle prie?... — Espérance !

NOTES.

I.

Page 120.

C'est lui qui fait mourir, c'est lui qui vivifie.

. . . .

Dominus mortificat et vivificat, deducit ad inferos et reducit.

(*Ier Livre des Rois*, II, 6.)

II.

Page 121.

On la nomme du nom de *ma sœur Eugénie.*

. . . .

Tout le monde sait que Sa Majesté l'Impératrice des Français a fait l'office d'une sœur de charité dans les divers hôpitaux, soit de Paris, soit d'Amiens, et qu'elle n'a pas dédaigné ce beau nom de *sœur,* qui lui a été plus d'une fois donné.

LA GUÉRISON.

Hiems transiit.
(*Cantique des cantiques*, II, 11.)

LA GUÉRISON.

Que la campagne est belle après un jour d'orage !
L'air se tait, et le vent de la tempête a fui ;
Des oiseaux seulement on entend le ramage,
Et dans un ciel tout bleu le soleil a relui :
    La goutte d'eau, dans la prairie,
    Suspendue à l'herbe fleurie,
Offre à l'œil tout l'éclat d'un riche diamant :
    Là-haut, ici-bas, la nature,
    Reprenant sa voix la plus pure,
Se remet à chanter le Dieu du firmament.

Telle est la guérison après un mal physique :

On sent bien mieux alors le prix de la santé ;

Qu'il est doux de chanter d'Ézéchias le cantique !

Chantez, Prince, car Dieu vous a ressuscité,

    Lorsque enfant vous n'étiez encore

    Qu'à votre printanière aurore :

Si vous me demandez comment cela s'est fait,

    Je suis tout prêt à vous le dire :

    Laissez-moi chanter sur ma lyre

Ce miracle d'amour, ce sublime bienfait.

Une vierge vécut qui passa dans ce monde

En louant le Seigneur et tournant son fuseau,

Humble vierge, il est vrai, mais en vertus féconde.

L'artiste nous la peint conduisant son troupeau,

    Ayant sa quenouille à sa taille,

    Portant à son cou sa médaille,

Sa médaille d'airain que lui donna jadis

    Le pieux saint Germain d'Auxerre.

C'est Geneviève de Nanterre ;
Son glorieux sépulcre est gardé par Paris.

Dans le siècle dernier, on lui bâtit un temple
Digne de son grand nom, digne de la cité :
Il domine Paris ; de loin on le contemple,
Et près du Tibre à Rome on se croit transporté :
    De Saint-Pierre on voit la coupole
    Qui du sein du céleste môle
Vers la Sion d'en haut prend son sublime élan ;
    On voit sa belle colonnade
    Et son fronton et son arcade :
Aux rives de la Seine, on rêve au Vatican.

Or, quand le monument à son glorieux faîte
A force d'art, de bras, d'or et d'argent parvint,
Quand de sa dédicace on préparait la fête,
La veille du grand jour, voici ce qu'il advint :
    On profana le sanctuaire,
    On mit Jean-Jacques et Voltaire,

9

Ou leurs cendres, du moins, au nom de la Raison ;

    Et puis, ce vide cénotaphe,

    Avec sa menteuse épitaphe,

Par les nouveaux païens fut nommé Panthéon.

Longtemps, longtemps le temple avec ces froides cendres

Et celles d'autres morts, de prétendus héros,

Tels que le dieu Marat et pareils Alexandres,

A la vivante foi des chrétiens resta clos :

    Mais, ô jour de sainte mémoire !

    Un vrai héros brillant de gloire

Paraît enfin, commande, et bientôt à sa voix,

    A sa voix qui tonne du Louvre,

    A deux battants la porte s'ouvre :

Honneur, reconnaissance à Napoléon Trois !

Entrez dans votre temple, ô divine bergère :

Et de droit et de fait il est votre maison,

Désormais maison sainte, ah ! qu'elle vous soit chère !

Pour les siècles sans fin prenez possession.

Voyez l'immense multitude

Qui succède à la solitude :

Tous viennent vous prier, et le pauvre et le grand ;

Mais voici ce qui plus m'étonne :

Une femme descend du trône,

Se dirige vers vous... elle pleure en entrant.

Déjà, je crois le voir, cette mère vous touche :

Écoutez sa prière ; à travers ses sanglots,

S'échappant de son cœur, s'exhalant de sa bouche,

Je l'entends s'exprimer à peu près en ces mots :

« O toi, notre sainte patronne,

» Qui fus toujours sensible et bonne,

» Au nom du Ciel, au nom de ces sacrés parvis

» Trop longtemps objet de l'insulte,

» Qu'un père a rendus à ton culte,

» Obtiens du Tout-Puissant qu'il guérisse le Fils ! »

La mère, après ces mots, va, dit-on, à Nanterre

Pleurer ses mêmes pleurs, soupirer ses soupirs...

Mais, silence!... aux morts paix! respectons le mystère...

Fuyez, bruits mensongers, pénibles souvenirs!

    Le prêtre toujours charitable

    Tend à tous sa main secourable;

Si quelqu'un m'en citait un seul revêche et dur,

    Moi je dirais que j'en sais mille

    Au cœur bon, à l'accès facile,

Pour leurs frères brûlant du zèle le plus pur.

Mais arrêtez vos pas, ô mon Impératrice!

Pourquoi toujours courir aux sanctuaires saints,

Pour obtenir du Ciel que votre Fils guérisse?

C'est assez de saints vœux : ils n'ont pas été vains :

    Déjà vous êtes exaucée,

    Notre espérance est surpassée :

Revenez près du Prince. — Où donc est-il? — Là-bas,

    Haranguant les tireurs des Vosges

    Et leur adressant ses éloges,

La plume à son chapeau, la carabine au bras!

NOTES.

I.

Page 128.

Qu'il est doux de chanter d'Ézéchias . ` cantique !

Ego dixi : In dimidio dierum meorum vadam ad portas inferi...

(Isaïe, xxxviii, 10.)

II.

Page 129.

Dans le siècle dernier, on lui bâtit un temple.

. . . .

Soufflot fut chargé, vers le milieu du dix-huitième siècle, de rebâtir l'église de Sainte-Geneviève. L'architecte prit pour modèle ou plutôt pour calque l'église de Saint-Pierre de Rome, dont la coupole fait l'admiration du monde entier.

III.

Page 130.

Avec sa menteuse épitaphe.

. . . .

C'est la qualification vraie que mérite l'inscription : *Aux grands hommes la patrie reconnaissante.*

I V.

Page 132.

Mais, silence!... Aux morts paix!... respectons le mystère.

Ces vers rappellent une certaine chronique qui a eu cours
à Paris et aux environs, ressemblant à une de ces légendes
bretonnes dont le fond est ordinairement celui-ci : Apparition de la sainte Vierge Marie sous la forme d'une inconnue
à quelqu'un; dureté de la part de celui-ci; châtiment.

A la place de la Vierge Marie, mettez l'Impératrice; à la
place de ce quelqu'un, M. le curé de Nanterre; le châtiment
n'aurait été ni plus ni moins que la mort du bon curé,
causée par son remords, qu'on a appelé l'*Impératrice rentrée*.

Pour plus de détails, voici le fait :

L'Impératrice serait donc venue incognito à Nanterre
demander à emporter de l'eau du puits de Sainte-Geneviève et
à prier devant les reliques de la sainte, lesquelles sont exposées
dans l'église aux jours solennels et que M. le curé garde les
autres jours dans son presbytère. — Refus quelque peu sec
de la part de M. le curé. — Insistance de la part de la dame
inconnue, qui le prie et le supplie d'avoir compassion d'une
mère : M. le curé reste impitoyable, lorsque survient son
vicaire qui reconnaît Sa Majesté l'Impératrice et lui rend ses
devoirs les plus respectueux. — Grande stupéfaction de M. le
curé... *Contrit et confus*, il ne *jura* pas *un peu tard*... il
mourut. Ce n'est pas le cas d'ajouter : *Mille bruits en courent
à sa honte;* car sa mort aurait eu pour cause un sentiment
honorable, le regret de sa faute, si faute il y a. Toujours
est-il qu'elle n'était pas envers la personne de l'Impératrice,
puisqu'il ne la connaissait pas.

C'est cette histoire, vraie ou fausse, qui a donné lieu à la
chanson renvoyée à la fin de ce volume.

V.

Page 132.

Haranguant les tireurs des Vosges.

Il n'y a presque pas eu d'intervalle, en effet, entre la maladie du jeune Prince et la revue des francs-tireurs des Vosges aux Tuileries. Le Prince Impérial a rappelé gracieusement le touchant accueil qu'ils lui avaient fait naguère à son voyage de Nancy, etc., etc.

LA SAINT-CHARLEMAGNE.

5 FÉVRIER 1868.

(Extrait du *Moniteur* du 4 février 1867.)

« Le banquet de la Saint-Charlemagne du lycée Bonaparte a dû, cette année, à la présence du Prince Impérial un intérêt et un éclat inaccoutumés. On sait que depuis la rentrée d'octobre Son Altesse Impériale prend part aux devoirs et compositions de la classe de septième de ce lycée... Sa présence au banquet était un droit acquis par deux places de premier en latin et en arithmétique...

» A dix heures, le Prince Impérial a pris place au banquet, au milieu des applaudissements de ses condisciples. L'un d'eux, le jeune Cornudet, s'est approché de la table du Prince et l'a remercié au nom des élèves...

» Le proviseur a porté un toast à la santé de Son Altesse Impériale, qui y a répondu par un vœu pour la prospérité du lycée.

» Le prince en partant a laissé tout le monde ravi de son intelligence et de sa bonne grâce. »

LA SAINT-CHARLEMAGNE.

5 FÉVRIER 1868

———————

Vive saint Charlemagne! il chassa l'ignorance,
    Il fut le fléau des erreurs :
        S'il est le patron de l'enfance,
Il est aussi celui des puissants empereurs.

Prince,.nous le savons, vous chérissez sa fête,
    Témoin le banquet de ce jour,
Où l'on vient de vous voir, en glorieux athlète,
    La célébrer avec amour :

Plaisir pur, paisible conquête,
Qui promet au vainqueur des lauriers pour butin !
C'est que vous avez eu dans la septième classe,
    Par deux fois, la première place
    En arithmétique et latin :
Bravo ! vous imitez l'élève d'Alcuin !

Vive saint Charlemagne ! il chassa l'ignorance,
    Il fut le fléau des erreurs :
    S'il est le patron de l'enfance,
Il est aussi celui des puissants empereurs.

Oui, Prince, en excellant en version latine,
    En arithmétique et calcul,
Vraiment vous rappelez l'école palatine
    Qui de ce siècle de recul,
    C'est ainsi qu'on se l'imagine,
Fit un siècle éclairé, presque un siècle savant :
J'entends mon siècle ici m'accuser d'hyperbole,

Car il prétend au monopole

Des clartés du soleil levant;

Mais mon siècle voit mal et se trompe souvent.

Vive saint Charlemagne! il chassa l'ignorance,

Il fut le fléau des erreurs :

S'il est le patron de l'enfance,

Il est aussi celui des puissants empereurs.

Mais ce qu'on ne saurait nier à Charlemagne,

C'est sa foi, sa religion :

Contre ses ennemis s'il marchait en campagne,

L'objet de son ambition,

C'était, non la gloire qu'on gagne,

Ni leurs terres, leurs biens, leur or et leurs États,

Mais la gloire de Dieu, mais l'honneur de l'Église :

C'était là sa terre promise :

Modèle des grands potentats,

Il fut l'appui des bons, l'effroi des scélérats.

Vive saint Charlemagne ! il chassa l'ignorance,

Il fut le fléau des erreurs :

S'il est le patron de l'enfance,

Il est aussi celui des puissants empereurs.

Il fut le défenseur du Pontife de Rome

Contre Didier, roi des Lombards :

En ce siècle, Didier, c'était le galant homme

A la griffe des léopards :

Ces gens se valent tous en somme :

Paraissez, Charlemagne ! et ces rois, éperdus,

Errants et fugitifs à l'aspect de votre ombre,

Fuiront dans le royaume sombre,

Tous pêle-mêle confondus ;

Et ses États au Pape enfin seront rendus.

Vive saint Charlemagne ! il chassa l'ignorance,

Il fut le fléau des erreurs :

S'il est le patron de l'enfance,

Il est aussi celui des puissants empereurs.

Mais, Prince, mes discours sentent trop l'épopée :

    Silence ! Allons, faisons la paix ;

De Charlemagne enfin nous laisserons l'épée,

    Pour chanter de plus doux bienfaits :

    Joyeuse, autour de vous groupée,

Cette jeunesse est là qui fière vous sourit :

Buvez à sa santé, comme à celle des maîtres,

    Suivant l'usage des ancêtres :

    En se séparant chacun dit :

« Vive le Prince ! il est plein de grâce et d'esprit. »

Oui, vive notre Prince ! il chasse l'ignorance,

    Il dissipera les erreurs :

    S'il est le patron de l'enfance,

Un jour il sera grand parmi les empereurs.

NOTES.

I.

Page 142.

Bravo ! vous imitez l'élève d'Alcuin !

Charlemagne ne dédaigna pas de se faire le disciple du fameux Alcuin, qu'il avait fait venir d'Angleterre.

II.

Page 142.

Vraiment, vous rappelez l'école palatine.

On appela ainsi l'école qui se tenait dans le palais même de Charlemagne, et à laquelle assistait ce prince avec toute sa famille. Elle le suivait même dans ses expéditions.

UN NOUVEAU CARDINAL.

QUELQUES SEMAINES
AVANT LA PREMIÈRE COMMUNION DU PRINCE.

UN NOUVEAU CARDINAL.

QUELQUES SEMAINES

AVANT LA PREMIÈRE COMMUNION DU PRINCE.

Deux illustres pouvoirs se partagent le monde,

    Un célèbre Pape l'a dit ;

    Et ce grand partage se fonde

Sur ce qu'il se compose et de corps et d'esprit.

    A vous, Prince, ce beau domaine

Qui s'appelle la France, avec tous ses héros

Toujours prêts à voler où la gloire les mène,

    Et qui n'ont peur que du repos.

Au Vicaire du Christ le royaume des âmes :

    Il ne s'en sert que pour le bien ;

    Lui seul sait prévenir les trames,

En commandant l'amour qui fait l'esprit chrétien.

    Ce beau résultat, pour l'atteindre,

Demande un grand conseil, un vénéré sénat,

Et des héros aussi qui ne sachent pas craindre

    Tout ce qu'exige un grand État.

Or, son sénat à lui, c'est ce collége illustre

    Qu'on appelle des cardinaux,

    Hommes qui tirent tout leur lustre

De leurs riches vertus et de leurs grands travaux :

    Que personne ne s'imagine

Que leur pourpre leur vient de la célèbre Tyr :

Son éclat vient plutôt de la source divine

    Du Calvaire et de son Martyr.

Bénissons-en le Ciel : cette pourpre éclatante

    Que l'on regarde avec raison

Comme distinction marquante,

O Prince. vient *encore* orner votre maison :

   Oh ! qu'elle sera bien portée

Par ce jeune prélat, le prince Lucien ,

Qui joint la gloire, mais la gloire méritée,

   A l'humilité du chrétien !

Pour mieux l'apprécier, écoutons son langage,

   Qui peint les vertus de son cœur :

   « Il n'accepte ce haut hommage

» Que parce qu'il s'adresse à l'illustre Empereur :

   » C'est une digne récompense

» Que le chef de l'Église, en son cœur paternel,

» Donne à sa fille aînée, à notre chère France,

   » Ainsi qu'à son chef immortel.

» Quant à lui, nous dit-il, il n'y voit qu'un emblème

   » Bon à décorer son tombeau :

   » Puisse du ciel le diadème

» Couronner l'humble front qui porta ce chapeau !

» Enfant dévoué de l'Église,

» Afin de mériter le bonheur des élus,

» Aux serviteurs de Dieu la couronne promise,

   » Il servira *son bon Jésus.* »

Prince, en ce cardinal, Dieu montre à votre trône

   La Sagesse assise au conseil

   D'un souverain auquel il donne

Des rayons émanés de son divin soleil.

   Tel fut, sous le premier Empire,

Le vénérable Fesch, cardinal de Lyon,

Qui fut utile, plus qu'on ne saurait le dire,

   A son neveu Napoléon.

Le siége de Paris fut illustré naguère

   Par un autre saint cardinal;

   Or, Darboy ne lui cède guère :

C'est le fils de son choix, en vertu son égal.

   C'est ainsi qu'on vit Élisée

Faire revivre Élie en un éclat plus beau :

D'Élie, ah! la vertu n s'est pas éclipsée;

Mais je ne vois pas son manteau!

Que ne peut pas un fils envers son tendre père,

Un filleul envers son parrain?

Au vôtre, Prince, une prière :

Dites-lui : « D'Israël ô char et souverain!

» Daigne laisser tomber ta pourpre

» Sur ce Pontife aimé, successeur de Denis,

» Qui de tant de vertus et de génie empourpre

L'illustre siége de Paris! »

NOTES.

I.

Page 152.

Que leur pourpre leur vient de la célèbre Tyr.

La couleur éclatante de la pourpre est attribuée à un coquillage qui fut trouvé près de Tyr par des bergers phéniciens.

II.

Page 152.

. . . . Cette pourpre éclatante ·

. . . .

O Prince! vient *encore* orner votre maison.

Allusion à l'illustre cardinal Fesch, oncle de Napoléon Ier, lequel gouverna l'Église de Lyon.

III.

Page 153.

« Il n'accepte ce haut hommage...

. . . .

Ce vers et les suivants sont à peu près les paroles textuelles de Son Éminence le prince Lucien Bonaparte. Voici, en effet, ce que nous lisons dans une correspondance de Rome, à la date du 19 mars 1868 :

C'est Mgr Ricci qui a été chargé par le Saint-Père de remettre au dignitaire le chapeau de cardinal et qui lui a adressé entre autres paroles celles-ci :

« En vous revêtant de la pourpre, Sa Sainteté a voulu » non-seulement récompenser les vertus dont vous avez » donné l'exemple dès votre plus tendre enfance..., mais » honorer en même temps la très-généreuse nation qui se » montre si dévouée à la cause de l'Église, et le Souverain » illustre qui a déjà rendu des services si éclatants à la » Papauté. »

Le cardinal, très-ému, a répondu :

« Je vous prie, monseigneur, de dire au Saint-Père que je » le remercie avec effusion de l'envoi de cet emblème d'une » dignité dont je me considère comme si peu digne et que je » n'ai acceptée que parce que je savais qu'en me la conférant » Sa Sainteté avait voulu donner une marque de sa bien-» veillance paternelle à la nation fille aînée de l'Église et à » son magnanime et glorieux chef. Je m'efforcerai de me » montrer de plus en plus dévoué à l'Église, notre maîtresse » et notre mère, à l'auguste personne du Souverain Pontife, » et au salut des âmes, de servir *mon bon Jésus* (il mio » buon' Gesù), afin de mériter qu'un jour ce chapeau, qui » sera placé sur mon tombeau, repose sur le tombeau d'un » élu. »

IV.

Page 154.

La Sagesse assise au conseil.

. . . .

Da mihi sedium tuarum assistricem sapientiam.
                                   (*Livre de la Sagesse*, IX, 4.)

V.

Page 154.

C'est le fils de son choix, en vertu son égal.

On a dit que Son Éminence Mgr le cardinal Morlot avait, avant de mourir, exprimé à Sa Majesté l'Empereur le désir d'avoir pour successeur Sa Grandeur Mgr Darboy.

VI.

Page 155.

Dites-lui : « D'Israël ô char et souverain !

. . . . »

Pater mi, pater mi, currus Israel et auriga ejus...

(IVe Livre des Rois, II, 12.)

ALLELUIA.

ALLELUIA.

POÉSIE

A L'OCCASION DE L'ÉPOQUE DE LA PREMIÈRE COMMUNION

DU

PRINCE IMPÉRIAL,

Ainsi annoncée dans la *Semaine religieuse* :

« M. l'abbé Deguerry, curé de la Madeleine, prépare le Prince à la
» première communion. Cet acte religieux s'accomplira dans la chapelle
» des Tuileries, avec solennité, dans la *première semaine après Pâques*. »

(Numéro du samedi 21 mars 1868.)

Que tous les cœurs chrétiens chantent *Alleluia !*

Ce cantique divin, sublime hymne des Anges,

Semblable au cri vainqueur qui jadis rallia

Contre Satan vaincu les célestes phalanges ;

11.

L'*Alleluia* joyeux chasse le noir ennui ,

Tous les chagrins de l'âme et toutes les tristesses ;

Il réjouit le cœur ; seul il résume en lui

    Toutes les allégresses.

Chantez *Alleluia*, jeune Prince, chantez !

Car c'est dans ces saints jours consacrés à la joie,

Que de manger l'Agneau, dit-on, vous méditez,

Que va s'ouvrir pour vous une nouvelle voie :

Dans les flots englouti, le fier Égyptien,

Comme au fond de la mer une pesante pierre,

Ne viendra jamais plus de votre cœur chrétien

    Arrêter la carrière.

Alleluia ! le Christ, sortant de son tombeau,

Revêtu du soleil, resplendissant de gloire,

A fait ce jour si grand et d'un éclat si beau :

Entonnez avec lui le chant de la victoire.

Comme lui vous voilà, Prince, ressuscité ;

Vous allez commencer à vivre de sa vie :

Il a tué la mort, et pour l'éternité

    Elle est ensevelie.

France, réveille-toi, laisse là ton cercueil,

Ton cercueil du passé, cercueil d'indifférence ;

Que la Foi quitte enfin son triste habit de deuil ;

Montre-toi de nouveau la catholique France.

Ne fais plus du dimanche un jour d'excès, de mal ;

Dans ton sein à jamais que le blasphème expire ;

Qu'à l'exemple éclatant du Prince impérial

    Se forme tout l'Empire !

O célèbre Albion, notre sœur, lève-toi,

Antique île des Saints qu'aucun peuple n'égale ;

Au nom du Christ, reviens à ton ancienne foi ;

Sois, comme dans les arts, en foi notre rivale ;

Mais je sens s'ébranler la pierre du trépas,

Qui semblait pour toujours dans ton cercueil te clore :

Fais un nouvel effort, et bientôt tu vivras :

    Oui, tu vivras encore.

Mais comment oublier, en parlant d'Albion,

Le sol qu'elle conquit dans la jeune Amérique,

Ces beaux *États-Unis*, terre de Washington ?

J'y vois se propager l'Église catholique ;

Ainsi s'étend toujours le jeune acacia :

Tous les oiseaux du ciel, et plus tôt qu'on ne pense,

Sur ses branches viendront chanter l'*Alleluia*

    De leur réjouissance.

Et toi, chère Pologne, agonisante sœur,

Par les pieds et les mains pauvre crucifiée,

Qu'on compte entre les morts, mais qui vis par le cœur,

Quand donc te verrons-nous libre et vivifiée ?

Rends-lui sa liberté, puissant Aigle du Nord,

Et, semblable à l'oiseau délivré de tes serres,

Elle te bénira hor du cercueil de mort

    Dans lequel tu l'enserres !

Comme un seul homme sois tout entière debout,

O vieille Europe, toi, notre mère commune,

De toutes tes erreurs quitte l'ancien égout ;

Que ta grande famille en croyance soit une.

La même foi toujours comme un soleil a lui :

Comme au commencement c'est le même baptême ;

Notre Christ d'hier est notre Christ d'aujourd'hui,

    Notre Dieu, c'est le même.

En ce même saint jour, je vois Rome à genoux :

Son Pontife bénit et la *ville et le monde.*

O peuples de la terre, à la fois courbez-vous,

Sa bénédiction est pour tous si féconde !

S'il nous a tous bénis en père impartial,

Sa prédilection, ce n'est pas un mystère,

Est pour son bien-aimé le Prince Impérial :

    Il est deux fois son père.

Peuples, Rois, Empereurs, chantez *Alleluia,*

Vous voilà tous bénis par la main du grand Pie :

Le ciel a délié tout ce qu'il délia ;

Plus d'enfant mécréant, parmi vous plus d'impie !

Dans un commun concert, louez tous le Seigneur

De vous avoir rendu la vie et l'espérance ;

De si précieux biens goûtez tout le bonheur ;

  Alleluia, ma France !

NOTES.

I.

Page 164.

Dans les flots englouti, le fier Égyptien,
Comme au fond de la mer une pesante pierre.

. . . . . : . . . .

Abyssi operuerunt eos; descenderunt in profundum quasi lapis.

(*Exode*, xv, 5.)

II.

Page 165.

Qu'à l'exemple éclatant du Prince Impérial
Se forme tout l'Empire.

Regis ad exemplar totus componitur orbis.

(Horace.)

III.

Page 165.

Mais je sens s'ébranler la pierre du trépas.

. . . .

Nous apprenons tous les jours les nouvelles les plus consolantes sur les nombreuses conversions de l'Angleterre et les bonnes dispositions de ses hommes les plus éminents.

IV.

Page 167.

Notre Christ d'hier est notre Christ d'aujourd'hui.

Christus heri et hodie.

(Saint Paul.)

V.

Page 167.

Il est deux fois son père.

Comme Père commun des fidèles et comme parrain du Prince.

LA PREMIÈRE COMMUNION.

LA PREMIÈRE COMMUNION.

C'est une vérité que personne ne nie :
Le plus beau jour, dit-on d'une commune voix,
C'est le jour où l'on communie,
Où l'on reçoit son Dieu pour la première fois.

Qui ne sait ce mot du grand homme?
S'adressant à ceux de sa cour,
« Devinez, leur dit-il, quel fut mon plus beau jour? »
Chacun cherche, médite, et nomme
Un de ses plus hauts faits, un triomphe éclatant,

Une de ses fêtes splendides ;

L'un rappelle Austerlitz, l'autre les Pyramides,

Celui-ci Marengo. « Votre jour le plus grand ,

Dit celui-là, ce fut quand tout étant prospère,

Vous vîtes votre front guerrier,

Déjà couronné de laurier,

Ceindre par la main du Saint-Père,

Avec votre illustre compagne,

La couronne de Charlemagne. »

. . . .

Et lui les écoutait, tenant croisés ses bras,

L'air moitié riant, moitié grave :

« Quoi donc ! vous ne devinez pas,

» Dit-il, pas même toi, Ney, des braves le brave ?

» Sachez tous mon opinion :

» Le plus beau de mes jours, c'est le jour tutélaire

» Où j'eus le doux bonheur de faire

» Ma première communion ! »

Anges, écrivez-la, cette belle parole :

Seule, elle méritait la céleste auréole !

Vous son sang, jeune Prince, ah ! goûtez, goûtez bien

    Cette volupté douce et pure

D'un Dieu qui vient s'unir par un tendre lien

    A sa plus humble créature !

Qui dira la douceur de cet hymen royal ?

O bonheur de sentir circuler dans ses veines,

    De la plus chaste ivresse pleines,

Avec le sang d'un Dieu le sang impérial !

Tels deux fleuves amis, descendant des montagnes,

    Arrivés dans un lit commun,

Baignent les mêmes bords et les mêmes campagnes,

    Et de deux ne forment plus qu'un !

    Prince, ouvrez le saint Évangile :

    Vous verrez le Seigneur facile

A nous accorder tout, si nous le demandons

Au doux nom de son Fils : lui-même le proteste,

Quoi que vous demandiez à son Père céleste,

Soit pour vous, soit pour nous, à coup sûr nous l'aurons.

    Comment douter de sa promesse,

    Au moment même où le Seigneur

Vient de vous donner tout : son corps, son sang, son cœur,

    Comme gage de sa tendresse ?

    Vous pouvez, sur cette assurance,

    Vous charger de tous nos besoins :

    Priez d'abord pour cette France,

Qui de ses gouvernants demande tant de soins !

    Vous le savez, mon jeune Prince,

D'un amour maternel la France vous chérit,

Cent fois vous l'ont prouvé Paris et la province ;

Voyez, elle vous tend les bras et vous sourit.

    Après cette France si chère,

    Le premier objet de vos vœux,

    C'est Sa Majesté votre Père :

Oh ! priez bien pour lui, qu'il soit toujours heureux !

Que pour le bonheur de l'Empire,
Il poursuive son règne et vive bien longtemps !
Qu'il obtienne l'objet pour lequel il soupire :
De rendre ses sujets tous heureux et contents.

Priez aussi que Dieu bénisse
La Mère de tous les Français,
Votre Mère l'Impératrice ;
Que ce Dieu tout d'amour lui rende ses bienfaits ;
Que sur elle, en douce rosée,
Il épanche ses dons et toutes ses faveurs ;
Que pour la charité dont elle est embrasée,
Au-devant de ses pas naissent toujours les fleurs !

Conjurant la foudre qui gronde,
Priez pour le Père commun
De tous les fidèles du monde ;
Redoublez de ferveur, le temps est opportun :
En aucun temps la sainte Église,
Dont est pasteur et chef le Pontife romain,

12

A de si grands périls ne se trouva soumise ;
Priez pour lui, mon Prince, il est votre parrain.

    Priez pour le Prélat auguste,

    Successeur d'Affre, de Sibour

    Et de Morlot le bon, le juste ;

Prince, pour Monseigneur priez avec amour :

    Pour gouverner ce diocèse,

Diocèse géant qui s'appelle Paris,

Et qui d'un poids si lourd sur les épaules pèse,

Il fallait la vertu d'un Darboy, d'un Denis.

    Et cet éloquent et saint prêtre,

    Charitable et zélé pasteur,

    Qui, riche prélat pouvant être,

Aima mieux vous servir d'apôtre précepteur !

    Il mérite bien vos prières,

Lui qui, semblable en tout au divin Fénelon,

Vous a fait entrevoir les célestes lumières,

Comme le roi des airs fait à son jeune aiglon !

Priez pour l'âme dévoyée

Hors de l'Église et de la foi,

Que l'erreur retient éloignée

De ce Jésus qui dit à tous : Venez à moi !

Ah ! quand paraîtra donc l'aurore

Du jour qui, dissipant tout oracle menteur,

Ne verra qu'un seul Dieu que l'univers adore,

A genoux devant lui qu'un troupeau, qu'un pasteur !

Prince, priez pour ceux qui souffrent,

Pour les pauvres de Jésus-Christ ;

Qu'à leurs cris vos oreilles s'ouvrent,

Du Dieu qui vient à vous c'est le vœu, c'est l'esprit.

Priez pour la veuve éplorée,

Pour le pauvre orphelin qui vous dit, éperdu,

Qu'en perdant et son père et sa mère adorée,

Hélas ! il n'a plus rien, car il a tout perdu !

Prince, priez pour le jeune âge :

Que le Ciel préserve ses mœurs

De tout écueil, de tout naufrage ;
Qu'il lui laisse ses ris et l'exempte de pleurs.
　　Vous l'aimez, cette chère enfance,
Témoin les tendres mots écrits par votre main.
Les enfants du pays sont la douce espérance :
Ils vont être soldats, héros même demain.

　　Que du banquet de vos pensées
　　Aucun monde ne soit exclus.
　　Celui des âmes trépassées
Vous crie aussi : Priez pour ceux qui ne sont plus ;
　　Pour les morts de votre famille,
Qui tous ont tant brillé : que maintenant sur eux,
Sur leurs fronts rayonnants éternellement brille,
Dans le séjour des saints, la lumière des cieux.

　　Prince, usez de votre puissance :
　　Le Ciel est au-dedans de vous ;
　　De ce Jésus dont la présence
Des mondes infinis fait fléchir les genoux,

Vous êtes devenu le temple ;
L'Éternel, votre Dieu, se fait votre captif ;
Voyez, Napoléon de là-haut vous contemple ;
La terre est en silence, et le Ciel attentif.

NOTES.

I.

Page 174.

Quoi donc ! vous ne devinez pas ,
Dit-il, pas même toi, Ney, des braves le brave !

C'est ainsi que Napoléon avait surnommé Ney sur le champ de bataille : *Le brave des braves.*

II.

Page 180.

Vous l'aimez, cette chère enfance :
Témoin les tendres mots écrits par votre main.

C'est dans une visite à l'Exposition que le Prince Impérial écrivit ces mots dans un album consacré aux enfants célèbres :

« Et moi aussi j'aime les petits enfants.

» Louis. »

LA CONFIRMATION.

LA CONFIRMATION.

Après avoir reçu le Dieu du tabernacle,

Le Dieu fait homme Jésus-Christ,

Persévérant dans le Cénacle,

Le jeune homme reçoit les dons du Saint-Esprit :

S'unissant à la jeune écorce,

Ce Dieu lui donne vie et force ;

Contre ses ennemis il l'arme et l'aguerrit :

D'un enfant il fait un soldat :

Je comprends qu'il le faut : la vie est un combat.

Le divin Paraclet l'orne de ses richesses,

Il le comble de tous ses dons,

Épuise pour lui ses richesses,

Comme un maître d'un champ lui constitue un fonds :

Qu'il est précieux ce partage !

Qu'il est riche cet héri'a,e !

Là sont de beaux vergers en fruit les plus féconds ;

Là coulent le lait et le miel.

Cultivez bien ce sol : vous possédez le ciel.

Prince, la vie est donc un vrai champ de bataille,

Comme vous l'avez entendu :

Armez-vous de pic et de taille ;

Combattez les combats de Dieu, de la vertu.

Qu'aucun péril ne vous rebute ;

Vous n'êtes pas seul dans la lutte :

Par le bras du Très-Haut vous serez défen ;

L'Esprit qui console et soutient

Va venir : le voici l'Esprit divin qui vient.

De ce divin Esprit recevez la *Sagesse*,

Ce don saint qui fit autrefois

De Salomon, dans sa jeunesse,

L'homme le plus illustre et le plus grand des rois.

Que cette sagesse vous fasse

Estimer peu tout ce qui passe,

Tout ce qui pour le Ciel ne serait d'aucun poids :

Richesse, éclat, honneur, beauté ;

Hors d'aimer le Seigneur tout n'est que vanité.

Vous recevrez aussi le don d'*Intelligence ;*

Mais, dites-vous, de ce don-là

Qui sent aujourd'hui l'indigence ?

L'intelligence atteint les cieux et par delà :

Avec quel succès elle sonde

Les choses du temps et du monde !

Mais le monde et le temps, qu'est-ce que tout cela ?

Les cieux mêmes sont de bas lieu :

Les seuls dignes objets sont les choses de Dieu.

La *Prudence* est, dit-on, une vertu bien rare,

Qui se montre tardivement :

Pour vous le Ciel n'est pas avare

De ce don de *Conseil* et de discernement,

Aux princes vertu nécessaire :

Il est difficile de faire

· Le choix des actions et même du moment,

Oui, bien difficile est ce choix :

Pourtant, tout en dépend : la honte, ou le pavois.

Du puissant Paraclet un autre caractère,

C'est d'imprimer au jeune cœur,

Une *Force* particulière

Qui des rudes assauts le rend toujours vainqueur :

Grâce à ce sceau du divin Maître,

Il st aisé de reconnaître

L'homme de vrai courage ou de fausse valeur :

Le vrai héros, c'est le chrétien ;

Le lâche c'est celui qui déserte le bien.

L'Esprit-Saint est aussi le Dieu de la *Science ;*

Mais cette science n'est pas

Celle que notre siècle encense,

La science mondaine aux perfides appâts ;

Non, mais la science suprême,

C'est de se connaître soi-même,

De ne s'absoudre point dans les plus graves cas ;

C'est de s'imposer un bon frein,

De reconnaître en Dieu le premier souverain.

Ce Dieu bon offre encore à votre âme docile

Ce sentiment religieux

Qui vous rend le devoir facile

Et qui vous fait courir dans les sentiers pieux.

Recevez pour votre compagne

La *Piété* de Charlemagne,

Celle qu'eurent jadis nos immortels aïeux,

La piété de saint Louis :

O Piété, reviens, sur les trônes reluis !

Prince, enfin recevez cette pieuse *Crainte*

Qui nous fait braver ici-bas

Toute terreur, toute contrainte,

Et nous rend supérieurs à tout, même au trépas :

Voyez à son heure dernière

Bayard finissant sa carrière,

Ou cet autre héros dont nous sépare un pas,

Qui fut sans reproche et sans peur,

Sur sa couche de mort, votre oncle l'Empereur !

NOTES.

I.

Page 189.

Hors d'aimer le Seigneur, tout n'est que vanité.

Omnia vanitas præter amare Deum.

(Imitation.)

II.

Page 192.

Voyez à son heure dernière
Bayard finissant sa carrière...

Tout le monde connaît la mort édifiante de Bayard, le chevalier sans peur et sans reproche, ainsi que celle de Napoléon, qui voulut que les prières dites des *Quarante heures* fussent récitées pour lui en présence du Saint-Sacrement exposé dans sa chambre.

CONSÉCRATION A MARIE.

CONSÉCRATION A MARIE.

———

uelques instants avant que tout fût consommé,
   Jésus étant au fort de sa douleur amère,
Pour prouver son amour à Jean le bien-aimé,
Lui donna le seul bien qui lui restait : sa Mère.
Qui dira ce que Jean éprouva dans son cœur,
   Dans son cœur de vierge et d'apôtre?
Prince, n'enviez pas son suprême bonheur :
   Il devient aujourd'hui le vôtre !

Oui, « Voilà votre Mère, » a dit le bon Jésus;
Et vous, vous prosternant devant sa sainte image,

Un flambeau dans la main, et tous vos sens émus,

Vous avez accepté ce pieux héritage.

C'est un vrai testament, un acte solennel

    Qui vous engage et qui vous lie,

Qui vous confère un droit sur son cœur maternel :

    Usez-en toute votre vie !

Le cœur de cette Mère est une forte tour

Qui pour vous protéger vous est toujours ouverte :

Sa sentinelle sainte est le divin amour

Qui veille, toujours prêt à vous crier : Alerte !

C'est la *Tour de David*, où l'on voit suspendus

    Les mille boucliers des braves,

Qui contre tout assaut défendent leurs vertus

    Et leur font franchir les entraves.

Si redressant sa tête un serpent infernal,

Cet antique serpent, ce vil esprit immonde,

Qui fut au genre humain, hélas ! déjà fatal

Au jardin de l'Éden, dès le berceau du monde,

Serpent toujours vaincu, mais toujours renaissant,

    Siffle une nouvelle hérésie,

Vite, pour l'écraser avec son pied puissant,

    Appelons la Vierge Marie !

Elle s'appelle aussi la Rose de Saron :

Du parterre du Ciel c'est la *Rose mystique ;*

Or, Prince, cette fleur aime votre maison :

Témoin l. rose d'or qu'une main séraphique,

L'illustre main de Pie, à votre Mère offrit

    Le jour de votre saint baptême,

Ce qui d'un doux parfum notre France remplit :

    Mais Marie est cette fleur même !

Cette fleur a germé toujours avec succès

Dans l'odorant jardin du sol de la Patrie,

Si bien qu'avec raison le royaume français

Fut toujours appelé royaume de Marie :

Il lui fut consacré par un de nos grands rois,

    C'est ce qui fait notre espérance.

Empereur et sujets, acclamons à la fois :

    Vive Notre-Dame de France !

O Marie, ô ma Mère, il est là cet enfant,

L'honneur du nom français, l'espoir de notre Empire,

Il est là qui vous prie avec un cœur fervent ;

Au pied de votre autel, il est là qui soupire :

Sur sa tête étendez votre manteau royal,

    Et dans un pli de votre robe

Recevez et gardez le Prince Impérial :

    Qu'au mal votre amour le dérobe !

NOTES.

I.

Page 198.

C'est la *Tour de David*, où l'on voit suspendus
  Les mille boucliers des braves.

  Mille clypei pendent ex ea.

(Cantique, ıv, 4.)

II.

Page 199.

  Siffle une nouvelle hérésie.

. . . .

  Cunctas hæreses sola interemisti in universo mundo.

(Liturgie.)

III.

Page 199.

Elle s'appelle aussi la Rose de Saron.
Du parterre du Ciel c'est la *Rose mystique*.

. . . .

  Germinans germinabit... decor Carmeli et Saron.

(Isaïe.)

IV.

Page 199.

Il lui fut consacré par un de nos grands rois.

. . . .

Vœu de Louis XIII.

A S. S. PIE IX,

PARRAIN DU PRINCE IMPÉRIAL.

Jesus autem dormiebat.

A S. S. PIE IX,

PARRAIN DU PRINCE IMPÉRIAL.

Quand jadis sur la mer s'éleva la tempête
Qui glaça de frayeur les Apôtres tremblants,
Bien que Jésus fût là, qu'ils l'eussent à leur tête;
Quand le vent mugissait, que des éclairs fréquents
  Dans un ciel noi fendaient la nue,
Que couverte de flots la barque s'abîmait
Dans ce tombeau béant d'une vaste étendue,
  Que faisait Jésus?... — Il dormait.

Ainsi toi, saint Pontife, ici-bas son image,

Qui gouvernes l'Église en son nom, en son lieu,

Lorsque sur cette barque il s'élève un nuage,

Que tout semble perdu, te reposant en Dieu,

    Tu restes dans la quiétude :

Sais-tu donc que l'orage avant peu cessera ?

Du ciel as-tu reçu l'entière certitude

    Que le calme un jour se fera ?

Je sais bien que Jésus nous a fait la promesse

De veiller sur la barque et sur son nautonier,

Que sa parole engendre une sainte allégresse,

Qu'au sein de la mort même on peut s'y confier...

    La barque peut être agitée ;

Elle peut un moment disparaître au regard ;

Mais cette arche sublime et sur les flots portée,

    Tranquille voguera plus tard.

— Oui, mais en attendant, on ferait un carnage,

Comme on l'a dit, *des noirs, des rouges et du blanc ;*

Oui, l'on verrait la paix succéder à l'orage,

Mais ce serait après un déluge de sang,

   Où viendraient s'engloutir la tiare,

Les temples, les palais, les couronnes des rois;

Sur cette sombre mer resplendirait un phare :

   Ce serait la sanglante Croix !

— Pourquoi trembler ainsi, chrétien pusillanime?

Du grand Pie imitons le calme solennel :

Sais-tu bien le secret de son espoir sublime?

C'est qu'il voit resplendir le fidèle arc-en-ciel,

   Le symbole de l'espérance.

Tant qu'il lui sourira, pour lui point de tourments :

Cet arc-en-ciel divin, c'est notre chère France,

   Toujours fidèle à ses serments.

Sur la barque debout en avant de la proue,

Il porte un jeune enfant entre ses puissants bras :

Dominant de bien haut tout ce monde de boue,

Il dit à ses amis : « Pour moi ne craignez pas,

» Ni pour notre barque commune :

» Elle triomphera de la rage des flots ;

» Elle porte avec moi César et sa fortune ! »

. . . .

— Saint-Père, dors ; sois en repos !

NOTES.

I.

Page 206.

Mais cette arche sublime et sur les flots portée,
  Tranquille voguera plus tard.

*Et multiplicatæ sunt aquæ, et elevaverunt arcam in
sublime a terra... porro arca ferebatur super aquas.*

(Genèse.)

II.

Page 206.

Oui, mais en attendant on ferait un carnage,
Comme on l'a dit, *des noirs, des rouges et du blanc.*

Paroles textuelles de Garibaldi, lesquelles n'ont besoin ni
d'interprétation ni de commentaire.

III.

Page 208.

Elle porte avec moi César et sa fortune !

Cæsarem vehis et fortunam ejus...

(Paroles de César à son pilote.)

14

HYMNE A LA PATRIE.

HYMNE A LA PATRIE.

AIR *de la Reine Hortense.*

France, ô ma Patrie,

Prie et chante toujours ;

Oui, toujours chante et prie,

Pays des troubadours :

Avec transport entonne

L'hymne national,

Lorsque le Ciel te donne

Un Prince Impérial.   } *bis.*

Comme un autre Henri Quatre,

Ce Prince sera bon ;

Mais il saura se battre

Pour Dieu, pour la raison :

Il est le quatrième

De ce nom glorieux

Que tout cœur français aime,   } *bis.*

Qu'il porte jusqu'aux cieux.   }

°O sublime alliance

De l'Aigle avec le Lis,

Des noms chers à la France,

Napoléon, Louis !

Pareil à la colombe

Apportant l'olivier,

L'Aigle, quand le Lis tombe,   } *bis.*

L'arrache du bourbier.   }

Lève, ô France chérie,

Lève en haut tes regards :

Vois ta gloire fleurie

Briller de toutes parts ;

Napoléon se montre,

Dirigé par la Foi ;

Voici qu'à sa rencontre

Vient Louis le saint roi !   } *bis.*

Le successeur de Pierre

Vient couronner son front ;

La France tout entière

Au *Salvum fac* répond :

Oh ! quelle grande chose

Notre siècle va voir :

La sainte apothéose

Du Peuple et du Pouvoir !   } *bis.*

NOTE.

Page 285.

* O sublime alliance.

On a quelquefois fait poétiquement dériver le nom *Louis* de celui de *Lis*. Qui est-ce qui n'a pas lu avec charme, dans Bernardin de Saint-Pierre, l'histoire de Loïs, le bel enfant Loïs, changé en lis?

LA BONNE AVENTURE.

On a dit qu'en France tout finit par la chanson.
L'auteur s'est laissé aller à cette fantaisie, à l'occasion de l'anecdote de Nanterre (*voir* la note IV de la
pièce intitulée *la Guérison*, page 134). Il est un de
ceux qui n'y ont pas cru et qui ont fini par en rire.
Il n'y a vu qu'une *bonne aventure* pour l'imagination,
et il en a fait son bénéfice. De peur que le premier
vers, *Avec quel plaisir j'irais,* ne le fasse soupçonner
d'ambition, il a hâte de dire qu'au moment où la
cure de Nanterre était vacante, sa chanson a été soi-
gneusement cachée, et que maintenant qu'il la pu-
blie, la cure est pourvue, et, grâce à Dieu, très-bien
pourvue.

LA BONNE AVENTURE.

Avec quel plaisir j'irais
   Curé de Nanterre,
 Grande dame je verrais
  Dans mon presbytère,
Venant d'un air pénétré
Me saluer, moi, Curé.
  La bonne aventure,
    O gué !
  La bonne aventure !

C'est elle-même, ô bonheur !

La douce Eugénie ;

Madame, à moi, quel honneur !
Soyez-en bénie :

Tout est à vous, tout entier,

Tout, de la cave au grenier !

La bonne aventure,

O gué !

La bonne aventure !

Elle dit : « Pour mon enfant

» Écoutez ma plainte ;

» Je le trouve bien souffrant ;

» Mais bonne est la Sainte :

» Auprès de la Sainte on dit

» Que vous avez tout crédit. »

La bonne aventure,

O gué !

La bonne aventure !

Madame s'assied, et puis
   Me demande à boire :
Du Christ assis près du puits
   Me revient l'histoire :..
Mon puits est saint, vous savez;
Buvez, Madame, buvez!
   La bonne aventure,
      O gué!
   La bonne aventure !

Et vite commencerait
   Ma sainte *neuvaine*,
Et point elle ne serait
   Pour mon Prince vaine :
Je prie avec tant d'amour,
Qu'il guérit le *premier* jour !
   La bonne aventure,
      O gué!
   La bonne aventure !

Le Prince est revenu beau,

   Ayant bonne mine,

Portant plume à son chapeau,

   Au bras carabine :

Des Vosges les francs-tireurs,

Reconnaissent un des leurs :

   La bonne aventure,

      O gué !

   La bonne aventure !

A ce miracle émouvant,

   Croyons que la Mère,

Avec son amour fervent,

   N'est pas étrangère :

Ah ! c'est qu'elle a prié dru,

Bienheureuse d'avoir cru :

   La bonne aventure,

      O gué !

   La bonne aventure !

Et moi je dirai : Merci,

   Ma sainte patronne ;

A tes genoux me voici,

   Sois-moi toujours bonne :

Oh ! préserve de tout mal

Ce cher Prince Impérial !

   'La bonne aventure,

     O gué !

   La bonne aventure !

FIN.

NOTES.

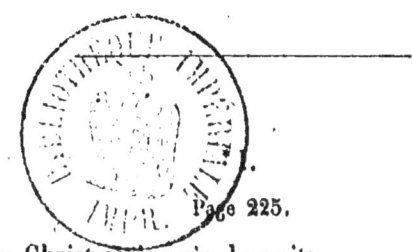

Page 225.

Du Christ assis près du puits...

. . . .

Allusion à l'histoire de la Samaritaine avec Jésus-Christ assis près du puits de Jacob.

*II.

Page 225.

Mon puits est saint, vous savez.

On sait que le puits de sainte Geneviève, à Nanterre, attire tous les ans une foule de pèlerins qui demandent à boire de son eau et même à en emporter dans leur maison.

III.

Page 226.

Des Vosges les francs-tireurs.

. . . .

Comme on l'a fait remarquer déjà, la revue spontanée des francs-tireurs des Vosges par le Prince Impérial, au moment où on le croyait encore malade, fut d'une agréable surprise pour toute la France.

IV.

Page **226**.

Bienheureuse d'avoir cru.

Beata quæ credidisti.

(Paroles de sainte Élisabeth à Marie.)

TABLE.

PARIS. TYPOGRAPHIE DE HENRI PLON

IMPRIMEUR DE L'EMPEREUR

Rue Garancière, 8.